KB084443

인간을 키우는 고양이

인간을 키우는 고양이

초판 1쇄 발행 | 2020년 1월 10일
3쇄 발행 | 2020년 8월 20일

원작 | haha ha
감수 | 길막이와 삼색이
발행처 | 다독임북스
발행인 | 송경민
편집팀 | 인우리, 김혜영, 이연지, 정경미
디자인 | 구지원

등록 | 제 25100-2017-000042
주소 | 서울시 구로구 디지털로 33길 48
전화 | 02-6964-7660
팩스 | 0505-328-7637
이메일 | gamtoon@naver.com

ISBN | 979-11-964471-8-2

SANDBOX

* 표지에 사용된 일부 폰트는 (사)세종대왕기념사업회에서 개발한 문체부훈민정음체입니다.

인간을 키우는 고양이

haha ha 원작 | 길막이와 삼색이 감수

양어장 고양이들

나는 원래 고양이를 싫어하지도 좋아하지도 않았다. 내가 어렸을 때만 해도 동네 어른들은 고양이를 영물이라 말했다. 어린 나이에 '영물'이 무슨 뜻인지는 몰랐어도 고양이를 가까이할 수 없는 동물로 인식하기엔 충분한 어조였다. 내게 고양이는 항상 관심 밖의 동물이었고 어쩌다 마주친 고양이들은 날카로운 눈을 치켜뜨며 도망가기 바쁜 아이들이었다. 물론 그들의 애교를 접하기 전까진 말이다.

고양이에 대한 인식이 바뀌기 시작한 것은 시골에 내려와 첫 봄을 맞을 무렵이었다. 시골은 도시와 다르게 숨어다닐 건물이나 차도 많지 않고 드넓은 들판이 펼쳐지는 곳이기에 도시에서보다 고양이를 마주하는 일은 더 잦을 수밖에 없었다. 봄이 와 날이 따뜻해지고 겨우내 몸을 웅크리고 다니던 고양이들이 하나둘 더 눈에 띄기 시작했다. 하루에 한 마리씩 꼭 마주하던 아이들을 두세 마리 더 본다고 해서 딱히 관심을 가질 만한 일은 아니었다.

그러던 어느 날 고양이 한 마리가 양식장 물고기 사료를 훔쳐 먹는 것을 목격했다. 보자마자 발을 굴러 내쫓았고, 볼 때마다 내쫓아 봤지만 그 순간만 도망가는 척 다시 어장 안에 뻔뻔하게 앉아 있는 고양이를 보자니 약이 오르기 시작했다. 물고기 사료뿐만 아니라 어장에 있는 물고기에게 발을 뻗어 괴롭히기까지 했다. 그것은 물고기들에게 치명타였고 그게 시작이었다. 내가 고양이에게 사료를 따로 주기 시작한 일은.

뜻밖에도 사료를 주기 시작하자 고양이들은 금세 내게 마음을 열었다. 처음 받아본 고양이 애교에 당황스러웠지만 왠지 모르게 고양이에게 내가 특별한 사람이 된 것만 같아 기분이 좋았다. 시작은 양어장 물고기들을 보호하기 위한 선택이었지만 나는 어느새 고양이들에게 양어장 물고기를 구워다 바치고 있었다. 동네 고양이들에게 소문이 났는지, 우리집을 찾는 고양이도 한두 마리씩 늘어났다. 그들에게 밥을 주는 것이 하루 일과 중 빼놓을 수 없는 일이 되었고, 어느새 나는 생각지도 않게 구독자 수가 몇 만이나 되는 유튜버가 되어 있었다.

내 다리를 양쪽으로 오가며 길을 막던 고양이에게 길막이라는 이름을 붙여 준 날, 우리는 서로에게 특별한 존재가 되었다. 이 책은 특별한 존재가 되어버린 고양이를 향한 나의 애정을 길막이의 관점에서 상상하여 그려낸 이야기를 담고 있다.

목차

1부. 인간과의 첫 만남

Special Page 삼색이

2부. 인간 관찰기

3부. 인간에게 정을 주지 않기로 했다

길막이

/

본 작품의 주인공. 이른바 양어장 실세. 고양이라는 묘생에 있어서 대단한 프라이드를 가지고 있으며 주위에 그 어떤 것보다 자신이 잘났다고 생각하고 있다. 자존심이 강하고 예리한 통찰력을 가지고 있으며, 눈치가 빠르고 어떤 상황에 대한 의심과 추리를 끊임없이 하는 고양이답지 않은 고양이다. 그러나 생각이 너무 많아 허당스러운 면도 가지고 있다.

삼색이

/

엄청난 애교를 가지고 있는 고양이. 애교로 치자면 양어장 인근 서식 고양이 중에서는 한 손가락에 꼽힐 정도다. 그러나 실상은 자신이 애교를 부리면 인간이 그에 넘어온다는 것을 알고 있는 똑똑한 고양이다. 인간과 개를 무시하며 자신이 필요에 의해서 이용한다고 생각한다. 길막이 가족의 텃세를 이겨낼 정도로 눈치 빠른 면모를 보인다. 길막이의 라이벌.

야통이

/

길막이의 첫째 딸로, 전(前) 애교왕인 삼색이를 제치고 양어장의 새로운 애교왕이 된 고양이. 애교를 부릴 때 특유의 울음소리 때문에 이름이 야통이가 되었다. 인간에 대한 경계심이 없고 인간의 손길을 매우 좋아한다. 삼색이가 인간을 독차지하는 자신을 질투한다는 사실을 알면서도 모르는 척하는 고양이다.

나옹이

/

양어장 위에 있는 집 고양이로, 한국 길냥이들 사이에서 흔히 볼 수 없는 이국적인 외모를 가졌다. 주인이 있는 고양이지만 자유롭게 동네를 돌아다니는 마당냥이다. 양어장 사료를 훔쳐 먹으러 양어장을 자기 집 드나들 듯 오지만 이상하게 미워할 수 없는 매력을 가진 고양이다.

천하

/

고양이들의 등장이 있기 전까지, 모든 것은 천하의 것이었다. 양어장의 터줏대감이라고 생각하며 사랑하는 주인님과의 행복한 시간을 영위하며 충성을 다 바치고 있던 천하. 하지만 갑작스럽게 등장해 주인님의 사랑과 자신의 드넓은 영역, 풍족했던 간식과 먹을거리들을 거침없이 침범하는 고양이들의 존재가 눈에 거슬리기 시작했다.

태평

/

욕심쟁이 양어장 견공, 천하의 남편. 이름만큼이나 태평한 성격으로 이런들 어떠하리 저런들 어떠하리가 좌우명. 때문에 욕심 많고 오지랖 넓은 천하에게 이리 치이고 저리 치여 기가 죽어 지낸다. 둔하고 멍청하지만 순수한 백치미가 장점.

주황

/

천하와 태평의 장남. 어린 견공답게 매우 활발한 에너자이저. 장난의 도가 지나쳐 천하와 태평이에게 자주 혼나지만 그게 무슨 상관이랴. 일단 재미있는 장난을 쳐 놓고 나서 뒷일은 나중에 생각하는 주황이다.

보라

/

천하와 태평의 장녀이자 주황과는 남매사이. 현실 남매인 둘은 만나면 티격태격이다. 주황과는 정반대의 성격으로 소심하면서 조용하고 매사에 신중하다. 물론 주인님이 산책을 함께해 주실 때만 빼고.

관계도
& 나이

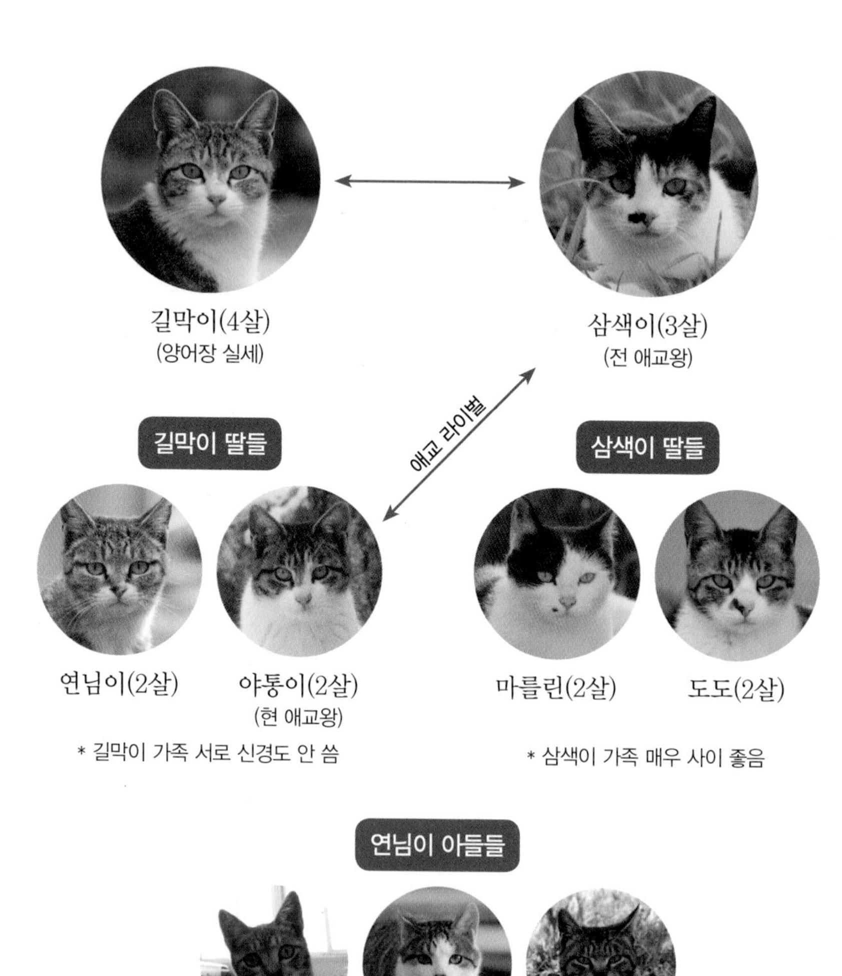
길막이(4살)
(양어장 실세)
삼색이(3살)
(전 애교왕)
애교 라이벌
길막이 딸들
삼색이 딸들
연님이(2살)
야통이(2살)
(현 애교왕)
* 길막이 가족 서로 신경도 안 씀
마를린(2살)
도도(2살)
* 삼색이 가족 매우 사이 좋음
연님이 아들들
조(1살)
(독립)
무(1살)
래기(1살)
* 무, 래기는 독립할 마음이 없어 보임

길막이, 삼색이, 빈집이의 남편으로 추정되는 수고양이들

카사노바냥

뚱땅이
(구 노랭이)

천하(5살, 여)
(천하태평 가족 실세)

부부, 앙숙

태평(5살, 남)

천하와 태평이의 자식들

주황(2살, 남)

흔한 티격태격
남매사이

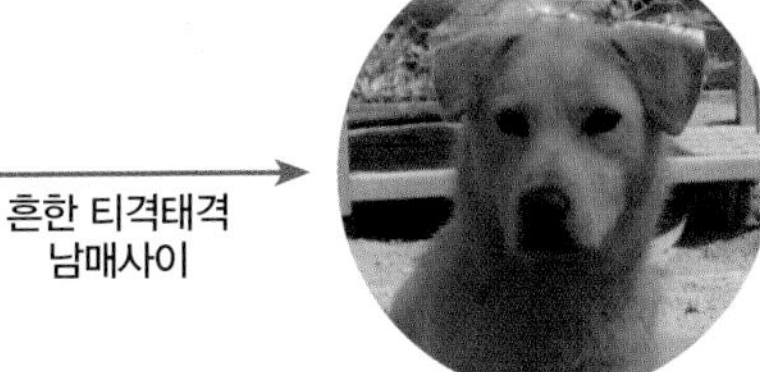

보라(2살, 여)

Chapter 1

양어장에 방해꾼이 나타났다.

길거리 묘생 3년. 이제는 눈만 감아도 빠삭한 나의 서식지 근처의 풍경들. 어디에 가면 먹을 것이 있고 어디에 가면 비를 피할 수 있고, 어디로 가면 멍청하고 냄새만 맡을 줄 아는 지조 없는 멍멍이들이 있는지 다 알고 있는 나라는 고양이. 자부심이 충만한 나의 묘생에서, 한 번도 맡아 보지 못한 냄새가 진동했다.

이것은, 바로 비린내. 온몸의 감각을 코에 집중시키지 않을 수 없다. 냐아옹, 하는 나지막한 소리가 입에서 흘러나온다. 냄새에 집중하다 보니 이런 실수를. 아직 멀었어.

일찍이 맡아 보지 못했던 충만한 비린내를 쫓아 사뿐한 발걸음을 옮긴다. 이제껏 가 보지 못했던 곳으로 발걸음을 옮기지만 두려움보다는 설렘이 앞선다. 일찍이 이런 신선한 비린내를 맡아 본 기억이 없기 때문이다! 고양이로 태어났다면 이런 비린내를 쫓지 않을 수 없을 터. 때문에 누구보다 빨리 가서 비린내의 진원지를 파악하고, 어떻게 움직여야 할지 대책을 세워야 한다.

그렇게 비린내의 흔적을 찾아 돌아다니기를 몇 시간, 나의 눈에 보이는 저것은 드넓은 영역 안에 있는 양어장이 아닌가. 수많은 물고기들, 굳이 내 아름다운 털과 고결한 노동력을 기울이지 않아도 신선한 물고기를 섭취할 수 있다니. 아, 내 몸에 부족한 DHA와 단백질이 충만해지는 이 느낌이란!

그러나 나는 월척을 보자마자 달려드는 풋내기들과는 다르지. 고양이로 태어나서 큰일을 하려면 인내와 의심, 그리고 치밀한 정탐은 빼놓을 수 없는 요소임에 틀림이 없다. 혹시 모르지. 이 모든 것이 저 어리석고 덩치만 큰 인간들의 술책일지. 왜냐하면 인간들과 나는 예전부터 영역을 차지하기 위해 부단히도 많은 싸움을 벌여 왔기 때문이다. 놈들은 딱딱하고 거대한 벽을 세워서 나의 진입을 막고 몽둥이를 휘두르고 소리를 질러대며 나를 쫓아내려 했지만, 나는 날렵하고 우아한 몸놀림으로 이를 모두 피하며 인간들의 틈 사이에 영역을 빈틈없이 넓혀 왔다. 이런 사실에 격분한 인간들은 하얀 구슬 같은 것을 쏴대며-맞아봤는데 아프다-나를 쫓아내려 했지만 나는 이렇게 살아남아 당당히 영역을 지키고 있는 것이다! 후후, 지독히도 치열한 싸움이었지.

때문에 묘생 3년 만에 찾아온 절호의 찬스와도 같은 이 기회를 덥석 물어 챌 수 없는 것이다. 이게 만약 인간의 함정이라면? 나를 잡기 위한 함정이라면? 더욱더 신중하게 이 먹음직스러운 비린내의 진원지를 둘러볼 필요가 있다.

그렇게 며칠 동안 매와 같은 날카로운 정찰 본능을 뽐내며 양어장을 지켜본 결과, 일단 몇 가지 결론을 내리게 되었다.

첫 번째, 양어장에는 물고기가 넘쳐난다는 것. 양어장에 물고기가 넘쳐나는 게 당연한 거 아니냐고? 후, 그것은 그야말로 하나만 알고 둘은 모르는 소리. 양어장에 물고기가 넘쳐난다는 것은 이 양어장이 계속해서 운영되고 있다는 것을 뜻한다. 즉, 지금만 넘쳐나는 게 아니라 앞으로도 넘쳐날 예정이라는 것. 망해버리고 방치된 양어장은 아니라는 것으로 미루어 볼 때 일단, 이곳에 뿌리내리고 당분간 나의 단백질을 섭취하기에 좋은 사냥터임에는 분명하다.

두 번째, 그렇기 때문에 몇 명의 인간들이 보인다는 것. 일단 다행스럽게도 나를 앞질러 온 고양이들은 없지만, 인간들이 있기 때문에 경비에 대한 삼엄함은 각오해야 할 것 같다.

세 번째, 가장 안 좋은 소식인데, 멍청한 눈을 하고 꼬리를 사정없이 흔들어대는 멍멍이가 있다는 사실이다! 아, 저 멍청함과 지조 없음이 나에게까지 옮을까 벌써부터 걱정이다. 게다가 저놈들은 고양이만 보면 귀청이 떨어져라 미친 듯이 짖어댄단 말이다! 아, 생각만 해도 혈압이. 잠시 냉철함을 잃은 나를 원망하며 고결한 나의 손을 핥아 잠시 매무새를 정돈해 본다. 진정, 진정.

그렇게 냉철하게 현 상황을 지켜보고 내린 결론. 당장 오늘 밤부터 저곳은 나의 영역이 될 것이다! 나의 자비 없고 날카로우면서도 날렵한, 품격 있는 앞발질에 물고기들은 가차 없이 낚여 나의 눈앞에서 파닥대며 덜덜 떨겠지. 그리고 나는 저 비린내가 진동하는 비늘을 뚫고 날카로운 이빨로 풍부한 영양분을 남김없이 섭취할 것이다. 아, 상상만 해도 엔도르핀이 돈다! 기분이 좋으니 오랜만에 야밤의 골골송이 절로 나온다. 골골골.

그렇다면 슬슬 몸을 한번 풀어 볼까. 어떤 물고기가 나의 소중한 단백질이 되는 영광을 누릴 것인가. 고양이 스트레칭을 하니 허리에서 뚜둑 소리가 난다. 아우, 시원해라.

그렇게 신중한 첫 사냥의 발걸음을 옮기려는 찰나, 갑자기 저 멀리 샛길에서 '돌돌돌'거리는 소리가 들린다. 고양이 아니냐고? '골골골'이 아니고 '돌돌돌'이라니까!

재빠르게 몸을 숨기고 소리가 나는 곳을 주시하니 돌돌거리는 무언가를 질질 끌면서 양어장으로 걸어오는 젊은 인간이 보인다. 나의 조사는 완벽했고, 조사에서 저런 인간은 등장하지 않았다. 거사를 치르려면 이런 예측불허의 일들이 있을 거라 예상은 했었지만, 이런 변수가 생기다니.

하지만 나는 과유불급이라는 말을 아는 고양이. 섣부른 앞발질로 대사를 그르치는 일은 없을 것이다. 작전상 후퇴라는 말은 이럴 때 쓰라고 있는 말이다. 비린내만 실컷 맡고 발길을 돌리는 것이 쉽지는 않겠지만, 일보후퇴는 이보전진을 위한 초석이 될 것이라 믿고 발걸음을 돌린다. 내 곧 저곳을 나의 수중에 접수하리. 미야옹.

그로부터 며칠간, 저 덩치 큰 젊은 인간을 염탐해 보았다. 저 인간이 가장 많이 왔다 갔다 하는 걸 봐서는, 물고기를 사냥하는 데에 있어서 가장 큰 걸림돌이 되어 보인다. 물고기들이 그득한 수조에 밥을 넣어 주러 주기적으로 오는 걸 봐서는, 저 인간이 양어장 물고기들의 밥을 챙기는 것 같다. 즉, 저 인간을 공략하면 이 양어장은 결국 나의 것이 된다는 소리.

물론 당장에라도 저 인간의 면상으로 삼단뛰기를 하여 날렵하게 나의 발톱 맛을 보여 주고 하악대며 쫓아버리고 싶지만…. 그렇게 한다면 또 다른 인간들이 몰려와 나를 심하게 경계할 터. 정면 대결은 승산이 없는 것은 애석하지만 사실이다.

그렇다면 노련하게 다른 방법을 써야 진정한 승리자가 될 수 있을 터. 옆 동네 멍청한 도둑고양이 말을 들으니, 요즘 나이 어린 인간들은 고양이 애교 한 번이면 간도 쓸개도 모두 내준다는데…. 차라리 잘됐다. 장화신은 고양이의 모델이 내 조상님이라는 것을 저 멍청해 보이는 인간이 알고 있을까. 발각되면 위로 촉촉한 눈을 떠 주며 니야오오오오오옹 한번 해 주면, 저 수조

안 물고기들은 모두 다 내 거다 이거야.

작전 계획이 명확해지자, 더 이상 지체할 필요가 없었다. 그동안의 동태(물고기 얘기가 아니다!) 파악으로 양어장은 두 개의 대형 수조와 별도의 작은 연못들로 나누어져 있다는 것을 이미 알고 있었다. 그리고 오늘의 사냥감은 가장 메인으로 보이는 가운데 대형 수조! 억지로 가둬둔 물고기들이라 힘이라곤 없을 줄 알았으나, 요놈들 생각보다 아주 실했다. 파닥대는 것이 사냥하기 딱 좋다! 그리고 덤으로 물고기들을 사냥한 후 출출할 때 먹을 수 있는 어장 옆 물고기 사료까지 꿀맛이니, 아아. 이곳이 바로 나의 천국이 아니고 무엇이겠는가!

Chapter 2

인간과의 영역 다툼

아, 배가 부르다. 이렇게 배가 부르면서도 앞날 걱정을 하지 않는 게 얼마 만이던가. 배부름과 풍족함에 여유롭게 온몸을 그루밍하며 매무새를 정돈하는 시간이 3년 묘생에 있던 나날들이었던가. 기쁨에 나도 모르게 그릉이가 나온다.

최근 며칠간, 나의 생활 패턴은 완전히 바뀌었다. 밤새 물고기들과 뛰어노는 것이 어찌나 재미있던지. 더 이상 갈 곳이 없는 신선한 물고기들은 나의 발밑에서 몸부림치는 것이 고작이었다. 후후, 묘생에 있어 최고의 희열이 아닐 수 없도다.

더욱이 신나게 한바탕 사냥으로 칼로리를 소진하고 나면 그득한 물고기 사료로 배를 채우면 되니, 이 어찌 행복한 나날이 아니라고 할 수 있겠는가. 그리고 젖은 몸을 그루밍하다 보면 어느새 잠이 스르르.

예전에는 배불리 먹을 수가 없었다. 왜냐고? 배불리 먹을 만큼 먹이를 찾아도 다음 끼니를 위해서 적당히 먹고 만약을 위해 대비를 해야 했기 때문이다. 어느 날 갑자기 무슨 일이 닥칠지 모르는 길거리 묘생에서 지금 이 순간만을 위해 사는 것은 위험천만하기 그지없는 발상임을 나는 익히 알고 있었다. 어리석은 길냥이들이 당장 찾은 먹이에 혈안이 되어 먹다가 다음 먹이를 발견하지 못해 허기에 시달리는 것을 보면서 나는 여유 있게 다음 식사를 즐기는 혜안을 갖추게 되었다.

그럼에도 불구하고 배불리 먹고 그대로 식곤증에 잠드는 달콤한 순간을 부러워하지 않을 수 없었으니…. 물고기 사료에 중독되고 양어장 주변을 떠날 수 없게 된 지금 이 순간에야, 먹이 걱정 없이 배불리 먹고 식곤증에 잠드는 순간을 맞이하게 되었다. 역시 묘생이란 모르는 법이라니까. 후후후.

그렇게 평화롭고 여유로운 일상을 보내던 오늘. 꿀과도 같은 맛을 자랑하는 물고기 사료가 급 땡겨서 다시 나의 천국, 양어장으로 발걸음을 옮긴다. 찰지고 고소하면서 비린내가 살짝 풍기는 풍미 가득한 물고기 사료에 이렇게 중독될 줄이야. 여러분, 중독이라는 것이 이렇게 무섭습니다.

그런데 아뿔싸! 물고기 사료를 생각하느라 주위 경계를 소홀히 한 대가일까. 양어장 입구에서 물고기 밥을 주는 인간을 정면으로 맞닥뜨려버렸다! 나무아미타불, 할렐루야, 아멘, 알라신이시여. 왜 나에게 이런 시련을.

어쩔 수 없다. 여기서 물러섰다간 어렵게 확보한 양어장의 주도권을 빼앗기게 되리라. 이렇게 된 이상 정면 돌파! 나는 호랑이도 오금이 저릴 정도의 눈빛을 발산한다! 나의 날카로운 눈빛에 저 인간이 한발 물러나는 순간, 나는 빛과 같이 사라질 계획이다!

그런데…. 이 인간, 보통이 아니다. 나의 눈빛을 정면으로 받아내며 빤히 바라만 보고 있다. 아, 이러면 곤란한데.

"범인이 너였구나! 물고기 밥 훔쳐 먹고 수조 엉망으로 만든 게 바로 너지!"

이런 지쟈스. 작전이고 나발이고 일단 도망쳐야 한다. 다행히 나는 이런 상황에서도 도망칠 수 있는 스킬을 보유하고 있다. 잔뼈 굵은 스트릿 라이프에 가벼워지고 날렵해진 나의 몸놀림은 이런 위기의 상황에서도 나를 탈출시킬 수 있게 해 주기에 충분하다. 깃털과도 같은 나의 몸놀림. 화려하고 가벼운 다이아몬드 스텝은 나를 순식간에 인간의 곁에서 떨어지게 만들었다. 이쯤 되면 포기했겠지?

이런 젠장! 내가 그동안 양어장에서 너무 난리를 피웠나. 보통 나의 화려한 스텝을 보면 분통을 터뜨리면서 포기하는 인간들이었건만, 이 인간은 눈에 불을 켜고 기어코 양어장 끝까지 나를 몰아내는 것이 아닌가. 후일을 도모하기 위한 후퇴가 먹히지 않는 순간이 아닐 수 없었다.

결국 양어장 끄트머리로 피신해서야 결국 그 인간의 모습은 보이지 않게 되었다. 후우, 후우. 잠깐, 잠시 숨 좀 고르고. 어떻게 된 인간이 저렇게 집요하단 말인가. 물론, 그동안 내가 좀 심하긴 했지. 밤만 되면 양어장을 방문해 난리를 쳐 놨으니. 나 같아도 열이 받을 수밖에 없지. 그렇다고 해도 이렇게 나를 당황스럽게 만들 정도로 반응하다니. 내가 먹어봤자 얼마나 먹는다고. 흥.

그렇게 당황한 기색이 역력한 나의 마음을 잠시 가라앉히고 그루밍으로 여유를 되찾자, 양어장 끄트머리의 풍경이 눈에 들어오기 시작했다. 한적하고 후미진 곳. 이곳에 물고기는 없는데, 어디선가 익숙하고 불쾌한 냄새가 풍긴다. 그리고 나를 쳐

다보는 시선. 그제야 난 깨달았다. 철장 너머로 덩치 큰-멍청한 눈을 한-멍멍이가 나를 한심하게 쳐다보고 있었다는 것을.

"뭘, 뭘, 뭘 봐?! 이렇게 빠른 고양이 처음 봐?
당장 그 불쾌한 시선 거두지 못해!"

저 불쾌하고 멍청한 시선을 받고 있자니 절로 하악질이 나온다. 인간과 엮이는 한이 있어도 저 멍청하고 지조 없는 멍멍이들하고는 엮일 수 없다! 게다가 나를 그런 눈으로 쳐다보다니, 어림없지!

다행히도 하악질에 움찔하며 물러서는 멍(청한)멍이. 쯧, 진즉에 그럴 것이지. 나는 아직 나의 패기가 살아 숨 쉬는 것을 느끼며 다시 나의 사냥터인 양어장으로 발걸음을 옮긴다. 나는야 포기를 모르는 고양이, 한번 인간에게 들켰다고 해서 이런 절호의 사냥터를 놓칠 수 없다.

이곳이 내 영역 안에 있는 이상 모든 건 나의 것이야! 마이 프레셔스!

Chapter 3

인간이 배스를 구워 왔다?!

나는 포기를 모르는 고양이. 지금 내가 몸을 누이고 있는 곳은 어제 쫓겨난 양어장 한편이다. 이곳에 다시 돌아와 태평하게 잠을 청하는 것이 대체 무슨 간덩이 부은 짓이냐고? 훗, 뭘 모르는 소리. 지피지기면 백전불태. 그동안 운 좋게 인간을 피해 내가 원하는 것을 취할 수 있었지만, 인간을 한 번 정면으로 맞닥뜨린 이상 이제는 사정이 달라졌다. 결국은 저 인간을 공략해야 나의 양어장 라이프에 평안한 안식이 찾아오는 것이다.

그렇다면 양어장에서 저 인간의 동선과 생활 패턴을 면밀히 파악해야 또다시 그런 굴욕적인 일을 당하지 않을 수 있다는 결론에 도달했다. 역시 나는야 생각하는 고양이. 면밀한 분석을 통한 결론인 만큼 이제 아무것도 나를 막을 수 없다.

그렇게 나는 인간의 등장만을 기다리고 있었다. 양어장에서 쫓겨난 게 어제인데, 이제는 오히려 인간의 등장을 기다리고 있다니. 묘생이란 알 수 없는 법이야.

그리고 그 순간, 양어장의 철제문이 드르륵 열리는 소리가 들리며 사료 셔틀이 등장했다! 휘릭, 나는 재빠르게 인간의 다리 사이로 빠져나가며 동태를 살폈다. 자, 도망가지 않고 내가 다시 등장했는데, 어리석은 인간. 어떻게 할 셈이지?!

"야! 이거 먹고 가!"

응? 경계를 하며 여차하면 몸을 날려 도망갈 준비를 하고 있는 나를 인간이 부르는 게 아닌가. 인간은 무표정한 얼굴로 바닥에 접시를 내려놓고 있었다. 그리고 그 접시 위에는 김이 모락모락 퍼져 올라오는 고기고기 물고기구이가 올려져 있었다.

갓 구워져 나온 물고기구이란 무엇이던가. 그야말로 전설의 먹거리. 인간들이 물고기를 맛있게 먹기 위해 뜨거운 불에 어찌어찌 하는 것으로, 옆 동네 검은 고양이 네로의 말에 따르면, 그야말로 몇 날 며칠 동안 온갖 애교를 부려야 맛볼 수 있을까 말까 한 음식이라고 한다. 그야말로 후각과 미각을 모두 만족시켜 주는, 말로만 듣던 그것이 내 눈앞에 수줍게 모습을 드러낸 것이다.

입만 열면 허풍을 치는 네로의 말이 이번에는 사실이었는지, 살짝 비린 듯하면서도 고소한 냄새가 내 후각을 날카롭게 찔러왔다. 이것이 바로 전설의 물고기구이란 말이지…. 나는 무언가에 홀린 듯이 물고기구이로 살금살금 다가가기 시작했다.

아, 물론 인간이 있기 때문에 함부로 다가가는 것은 매우 위험한 일이라는 것을 알고 있다. 그러나 내가 누구이던가. 거친 스트릿 라이프에 단련되어 온 묘생 3년 차 아니던가. 그동안의 영역 다툼과 양어장에서의 실랑이를 통해 저 인간은 나를 공격하려 해도 너무 느려서 언제든지 내가 피할 수 있다는 결론에 도달했기 때문에 다가갈 수 있었던 것이다.

하지만 내 머릿속은 복잡한 방정식에 사로잡힌 기분이었다. 별별 생각이 다 들기 시작한 것이다. 예상외의 행동을 할 수도 있을 것이라는 생각은 했지만 이건 예상 범위 밖에도 한참 밖의 행동이 아닌가.

내게 전설의 물고기구이를 내밀다니, 대체 무슨 꿍꿍이지? 설마 이걸 먹게 하고 뒤에서 나를 공격하려는 건가? 그러기엔 저 인간은 너무 굼뜨고 덩치도 큰데…. 혹시 주위에 덫이 있나? 다른 인간이 나를 잡으려고 숨어 있을지도 몰라. 그나저나 저 인간은 왜 대뜸 반말이야? 초면에 예의가 없는 친구구만…. 아니, 이게 아니고. 아무튼, 대체 무슨 속셈이지?

대뇌에서 온갖 목소리와 생각들이 교차 충돌을 하는 와중에 나에게 물고기구이를 준 그 인간은 물고기들의 밥을 주러 발걸음을 옮기기 시작했다. 갑자기 어제저녁에 먹은 물고기 사료가 역류할 것만 같다. 물론 지금 당장 배가 심하게 고픈 것은 아니다. 요 며칠 물고기 사료로 등 따시고 배부르게 생활을 했거든.

하지만 길냥이의 특성상 배가 부를지언정 눈앞의 먹이를 지나치는 경우는 없다. 먹을 수 있을 때 배불리 먹고 또 숨겨놨다가 먹어야 하기 때문이다. 요즘 내가 풍족한 먹이에 배가 불러 겨울의 혹독함을 잠깐 잊었다. 물고기 사료를 먹어서 살이 찐 건지, 털이 찐 건지 아무튼 이제 겨울이 오고 있었다. 이 거부할 수 없는 유혹을 떨쳐낼 필요 없이 먹어야 한다.

알 수 없는 불안함과 향긋한 냄새가 나를 유혹하는 갈등의 순간, 어느덧 나는 따뜻한 물고기에 입을 대고 찹찹 소리를 내며 먹기 시작했다.

이 많은 물고기를 저 둔한 인간이 어떻게 사냥해 오는지는 모르겠지만, 이 집 참 물고기를 잘한다. 그런데 다음번엔 조금 으깨서 주면 더 완벽할 것 같다. 아, 간도 딱 좋네. 맛집이네, 맛집.

배불리 먹고 따뜻한 가을 햇살을 받으며 식빵을 굽기 시작했다. 세상 편하고 좋구만…이라는 생각을 하던 찰나, 배불리 먹으니 이제야 정지되었던 사고 회로가 돌아가는 것이 아닌가. 그리고 하나의 의문이 도저히 풀리지 않았다.

도대체 왜 저 인간이 물고기를 구워 온 것일까?

옆 동네 똑똑한 고양이 유미가 독이 든 밥을 먹었다가 하마터면 고양이 별로 돌아갈 뻔했다는 경험담이 생각났다. 아, 고양이도 부뚜막에서 떨어지는 날이 있다더니 내가 그 팔자가 아닌가. 덫이나 공격만 생각했지, 독은 미처 생각지 못했다. 어쩐지, 물고기가 맛있어도 너무 맛있었다. 몸에 나쁜 건 엄청 맛있다던데.

그렇게, 후회가 몰려오기 시작했다.

Chapter 4

걔네들이 먹고 괜찮으면 나도 먹어야지.

아, 악몽이다. 악몽을 꿨다. 식빵을 구우며 온갖 걱정을 하다가 잠이 들었는데, 꿈속에서 나는 눈앞의 맛있는 물고기구이를 참지 못하고 먹었다가 온몸이 바스라져버리는 병에 걸리는 악몽에 시달리다 잠에서 깼다. 세상에 이런 악몽을 꾼 적은 처음이다. 젠장, 불안함에 시달리다 잠을 이뤄서 그런지 이런 악몽을 꿔 버렸다.

물고기구이를 넙죽 먹은 그날은 다행히 아무 일도 일어나지 않았다. 하지만 방심할 수는 없다. 내 경계심을 늦추기 위한 전략일 수 있기 때문이다. 인간은 믿을 수가 없다. 영악한 생각을 하기 시작하면 한도 끝도 없기 때문이다.

과연 저 물고기구이가 괜찮은 것일까를 고민하다가 한 가지 꾀를 냈다. 바로 옆 동네 고양이들에게 소문을 내는 것. 이곳 양어장에 오면 양어장에 서식하는 인간이 물고기를 구워 주는데, 묘생에 먹어본 물고기 중 최고였다고 말이다. 먹보 가필드도 이런 이야기를 들으면 한걸음에 달려와 먹을 것이니 그때 상황을 지켜보면 될 것 같다.

물론 마음에 스크래치가 상당하다. 혼자 꿀을 빨려고 했던 내 영역을 남들에게 내주는 꼴이 되었기 때문이다. 하지만 물고기를 먹고 탈이 나지 않을 것인지에 대한 확신이 없었기 때문에 (그리고 그 구이는 또 먹고 싶기 때문에) 정말 어쩔 수 없었다. 아, 이 얼마나 뛰어난 전략이란 말인가.

그리고 소문을 퍼뜨린 지 얼마 지나지 않아 뉴페이스 고양이가 양어장 근처에 모습을 드러내기 시작했다. 역시, 고양이 확성기라고 불리는 떠버리 검은 고양이 네로에게 슬쩍 귀띔을 했던 것이 올바른 선택이었던 것 같다.

가장 먼저 보이는 고양이는 삼색이 고양이 한 마리다. 삼색이 고양이들은 태생부터 인간들에게 갖은 애교를 떨어 기생하며 살아가는, 고양이의 프라이드를 저버린 녀석들이기 때문에 아마 구이를 빨리 얻어먹지 않을까 하는 생각을 해 본다. 저놈만큼은 전략에 걸려들 거라고 생각했는데 예상보다 일찍 왔다.

…꼴 보기 싫은 녀석!

새로운 고양이가 양어장에 등장하자, 인간은 이내 주섬주섬 물고기를 한 마리 삶아왔다. 아, 노릇하게 구운 직화구이도 좋지만, 부드러운 육즙이 터지는 삶은 물고기도 그 풍미가 대단하다.

인간은 삶은 물고기를 들고나와 삼색이를 번갈아 가면서 보더니 고개를 갸웃거리기 시작했다. 뭔가 이상하다고 생각했지만, 이내 인간은 삶은 물고기를 바닥에 두고 다시 양어장으로 발길을 옮겼다.

그리고 기다리길 무섭게 삶은 물고기에 코를 박고 먹는 삼색이 놈. 며칠을 굶은 고양이처럼 흡입 속도가 대단하다. 어휴, 게걸스러워.

"찹찹찹, 네가 말한 대로 이 집 물고기 엄청난데? 근데 왜 너는 안 먹어?"

"그렇지? 아…, 나는 새벽에 야식을 먹었더니 배가 부르네.
너 많이 먹으렴."

저러다 탈이 나 봐야 정신 차리지. 멍청한 삼색이 녀석. 내 꿍꿍이가 뭔지도 모르고 정신없이 물고기 한 마리를 게 눈 감추듯 순삭해버린 삼색이는 둥그런 배를 모래 바닥에 깔고 이내 잠이 들어 버렸다. 아주 행복한 표정으로 잠을 자는 걸 보니 갑자기 배가 아프다. 오늘도 인간이 준 삶은 물고기에 문제가 없었나 보다. 아오, 나도 그냥 먹을걸.

갑자기 이빨을 쑤시면서 배 깔고 드러누워서 자는 삼색이의 머리통에 꿀밤을 날리고 싶어졌다. 고기 맛을 본 이상, 녀석은 이곳을 떠나지 않을 것이다. 그 생각을 하니 갑자기 울화통이 치밀었다. 그냥 한 대 때릴까….

침착, 침착하자. 나는 프라이드 있는 고양이다. 이런 녀석 하고 비교할 수 없는 품위가 있으시므로 참아야 한다. 비록 내 영역에 꼴 보기 싫은 녀석이 하나 들어오긴 했지만, 내가 얻은 것도 크다. 내일부터는 걱정 없이 인간이 조공하는 물고기를 먹어도 된다는 것. 내일부터는 나도 맛있게 먹고 식빵을 구워도 된다! 얻은 바도 있으니, 흥분하지 말자고 스스로를 다잡는다.

아오, 열받아!

Chapter 5

갑자기 친한 척하는 인간?

일단 가장 중요한 것은 두 가지다. 첫 번째는, 사료 셔틀은 계속해서 음식을 해 오고 있다는 것. 그리고 두 번째는 사료 셔틀이 해 주는 물고기 요리는 아주 맛있으며, 먹어도 탈이 나지 않는다는 것이다.

오늘의 요리는 잉어다. 그동안 냉동 배스를 가져오더니-길거리에서 오래 살아 온 나는 냉동 물고기 특유의 냄새를 구별할 수 있다. 이 몸이 범상치 않은 고양이라는 것, 이제 알겠지?-오늘은 누구 생일인 건지 특식을 가져온 것이다. 그래, 누구 생일인지 모르겠지만 아무튼 축하하고 잉어는 맛있게 먹을게. 찹찹.

꽝꽝 언 배스구이도 맛있었는데, 생물 잉어는 오죽하랴. 그 맛이란 이루 말할 수 없다.

갑자기 잉어를 흡입하다 보니 지나간 시간이 주마등처럼 스쳐 지나가기 시작했다. 불과 몇 개월, 아니 며칠 전까지만 하더라도 음식이라곤 온 동네를 이 잡듯이 뒤져서 나오는 음식 쓰레기가 전부였다. 그것도 인간이 먹다 버린 것들. 온갖 악취와 구더기, 파리가 꼬여 있는 음식을 억지로 참고 먹어야 했다.

너무 배가 고플 땐 묶여 살아도 좋으니 다음 생에는 주인이 있는 멍청한 멍멍이로 태어났으면 좋겠다는, 누구에게 말할 수 없는 금단의 생각을 해 본 적도 있다. 그런데 갑자기 출세를 한 건지, 아니면 복을 받은 건지 지금은 인간이 나를 위해 가져온 잉어구이를 먹고 있다. 아, 갑자기 눈에서 물이 나오네.

더욱이 내가 먹고 남긴 먹이를 치우고 또 먹을 것을 가져오는 이 인간이 예뻐 보이는 것이 아닌가. 짜식, 오늘따라 호감이다. 고맙기도 하고, 기분 좋기도 하고, 잉어 구워오느라 고생이 많았으니, 보양식 대접받은 대가로 애교 한번 발사해 줘야지.

여기서 잠깐. 고양이의 애교를 본 적이 있는가? 멍청하고 막무가내인 멍멍이들은 그냥 주인님 주인님 하면서 방방 뛰어다니고 꼬리 흔들고 배 까뒤집는 데 눈이 뒤집혀서 난리를 피우더구만. 고양이의 애교란 그런 것과는 완전히 차원을 달리한다. 게다가 내가 하면 완전 프리미엄급이지.

다 먹은 잉어구이 그릇을 치우러 오는 인간에게 슬며시 다가가 인간의 다리에 몸을 쓱 비비며 나의 냄새를 묻혔다. 저 인간은 모를 거다. 영역 표시를 한 이상 이제 내가 잠시 이곳을 비우더라도 다른 고양이들이 저 인간 근처로는 오지 못할 거라는 사실을. 인간 다리에서 나의 냄새가 나기 때문이다.

내가 열심히 인간 다리를 오가며 몸을 부비자, 인간은 갑작스러운 나의 행동에 어색함을 느꼈는지 잠시 가만히 있다가 내게 손을 내밀었다. 호오라, 손에서 맛있는 생선의 냄새가 난다. 비릿하면서도 고소하면서도 짭짤한. 몸에서 맛있는 냄새가 나는 인간이라…. 이 인간이 점점 마음에 든다. 나쁘지 않다.

"길막아~."

응? 영역 표시를 하고 난 뒤 인간이 나를 길막이라고 부른다. 멍멍이들한테 하는 것처럼, 집냥이들한테 하는 것처럼 자신들이 부를 수 있는 이름을 붙이는 것 같다.

처음에는 아무런 관심이 없었다. 그러자 심드렁하게 있는 나에게 이 인간은 귀찮을 만큼 자신이 지은 이름을 부르기 시작했다. 길막아, 길막아, 길막아. 인간 따위가 지은 이름을 인정하는 건 아닌데 하도 귀찮게 굴어서–뭐, 먹을 것을 주기도 했고, 기분도 좋아졌고 겸사겸사–대답을 해 주었다.

"(왜 자꾸 부르냐)아옹~."

그러자 인간은 갑자기 내 머리를 쓰다듬기 시작했다. 그 둔한 몸으로 열심히 나를 내쫓던 게 엊그제 같은데 사실 좀 낯설기도 하다. 하지만 맛있는 냄새가 나는 손이 딱히 싫지는 않다.

그래, 기왕 손댄 김에 머리 말고 내 볼 좀 긁어봐라, 인간. 아니, 그 밑으로 내려가진 말고. 배 만지면 죽는다. 아, 귀 뒤 긁는 건 허락해 주겠어. 따…딱히 네가 좋아서 허락해 주는 건 아니라구.

Chapter 6

멍청한 멍멍이들에게 항의하기

- 개 짖는 소리 좀 안 나게 해라!

어느새 거처를 양어장 근처로 옮긴 지 시일이 좀 흘렀다. 모든 것이 완벽하다. 사료 셔틀은 나에게 꼬박꼬박 물고기 요리를 가져오고, 그 대가로 아무것도 바라지 않는다. 더욱이 비바람이 몰아치는 곳을 피하려고 양어장 안에 있어도 아무도 해코지를 하지 않는다.

아, 물론 뜻 모를 이름 따위를 부르면서 여기저기 만지려고 하는 것은 그다지 유쾌하지 않지만, 뭐 이 정도면 나쁘지 않은 거래라고 생각한다.

그런데 최근 한 가지 고민이 생겼다. 바로 며칠째 개들이 컹컹 짖는 소리에 잠을 통 못 이뤘다는 것이다. 이놈의 멍멍이들은 개념이 없는 것 같다. 고양이 님께서 낮에 숙면을 취하셔야 함에도 불구하고 이것들의 짖는 소리가 워낙 우렁차서 잠을 자려야 잘 수가 없다.

…아무리 자주 들어도 저놈의 격조 떨어지는 월월 소리는 적응이 안 된다.

아무튼 낮에 잠을 충분히 못 잔 통에 밤에 우다다할 여력조차 없는 묘생을 살 수는 없다. 말을 섞고 싶지는 않지만, 오늘은 저 품위 없는 멍멍이들과 담판을 지어야겠다.

나는 본디 멍멍이들을 싫어했다. 덩치가 큰 것들은 쓸데없이 목청이 크고 멍청한 데다 주인님이라면 껌뻑 죽고 못 사는 게 자존심도 없는지 무식하다고 생각한다. 또 덩치가 작은 것들은 얼마나 까칠하고 성격이 유난스러운지 성대 결절이 올 것만 같이 온종일 쉼 없이 짖어대는 것이 싫다.

나의 영역에서 유일한 옥에 티라면 바로 내가 싫어하는 멍멍이들이 있다는 것이다. 그것도 쌍으로. 게다가 덩치가 큰 녀석들임에도 불구하고 정말 말이 많다. 이 몸처럼 좀 과묵하면서 진중한 맛이 있지를 못하고 촐랑이마냥 엄청난 수다쟁이다. 덩치값 못한다고 생각한다.

인간은 우리에게 애정을 쏟기 전부터 멍멍이들을 아꼈다. 그래서 그들에게 영역을 내주고 집을 지어 천하, 태평이라는 이름까지 지어주었다. 때문에 참으로 안타깝게도 내 영역에서 살기 위해서는 이것들과 담판을 지어야 한다…. 말이 통하려나 모르겠지만 말이다.

어쨌든 잠은 자야 하겠기에, 그리고 이 양어장의 실세는 이제 나라는 것을 알려 주기 위해 오늘도 멍청한 천하와 태평이에게 다가갔다. 그리고 일부러 고개를 들고 몸집을 부풀렸다. 이 정도면 내가 굳이 큰 소리를 내지 않아도 내 카리스마에 눌려 알아서 기겠지.

"컹컹! 컹컹컹!!!"

저것들이 미쳤나? 더 짖어대잖아?

Chapter 7

오다 주웠다.

내 영역인 양어장에는 한 가지 풀리지 않는 미스터리가 있다. 바로 '저 둔한 인간이 어떻게 이 많은 물고기들을 사냥해 오는가'다.

인간은 태생적으로 위대한 고양이들만큼 민첩하지 못하고 날카로운 발톱을 지니지도 않았다. 움직임도 둔하고 쓸데없이 몸집만 클 뿐이다. 그런데 이 많은 물고기를 저장해놓고 산다니. 자존심이 상하고 배가 아프다.

물론 그렇게 사냥해 온 물고기들을 우리에게 조공하고 있기는 하다. 하지만 왠지 가끔은 굴욕적인 기분이 들기도 한다. 승자의 여유를 부리는 것 같이 느껴질 때도 있다(물론 이런 생각을 하는 내가 좀 배가 불렀다는 건 부정하지 않겠다). 고양이 자존심에 스크래치가 난다.

곰곰이 생각하다 자존심에 난 스크래치를 복원할 방법을 고안해냈다. 이 인간에게 고양이가 얼마나 위대한 존재인지를 손

수 보여 주는 것이다. 바로 인간이 잡을 수 없는 것을 몸소 사냥하여 위엄을 드러내 주는 것이다. 그러면 이 몸을 우러러보게 되겠지.

인간이 잡지 못하는 것, 그것은 바로 쥐다. 물고기를 사냥하는 데 특화되어서인지 쥐는 잡지 못하는 것 같다. 한 번도 인간이 쥐를 잡았다거나 혹은 잡은 모습을 본 적이 없다. 오히려 쥐를 보면 괴성을 지르며 도망가기 바쁘지.

그리고 그날 밤, 나는 나의 위엄을 선보일 작전을 결행하기로 했다. 양어장 근처에 알짱대던 쥐 한 마리를 사냥해 인간이 드나드는 문 앞에 살포시 놓아둔 것이다. 후후, 내일 아침이 되면 나의 대단함에 혀를 내두르겠지.

"넌 어떻게 그렇게 사냥을 잘하니? 나에게도 비법을 알려 주면 평생 잉어, 붕어, 장어를 사냥해다가 바칠게."

그날, 인간이 내게 사냥 비법을 알려 달라며 간청을 하고 나를 모시겠다며 쥐로 변하는 꿈을 꿨다. 뭔가 길몽인 것 같다. 꿈속에서 뿌듯함이 용솟음친다. 후후.

"악!!!!!!!!! 이게 뭐야?!"

아놔, 달콤한 꿈에 젖어 있는데 갑자기 인간의 비명이 들려와 깨 버렸다. 누가 이 위대한 고양이 대왕님의 단잠을 방해하는가.

인간이 죽은 쥐를 보더니 놀라 까무러친다. 훗 그럴 만도 하지. 평생을 쥐꼬리 구경조차 못 하던 인간 앞에 떡하니 쥐가 죽어 있으니 얼마나 놀랍고 황홀하겠어? 나는 충만한 자신감을 뽐내며 한껏 인간의 앞에 자리를 잡고 앉았다. 자, 경배하라! 나의 위대함을!

"오다 주웠어. (위풍당당)"

"길막아!!!!! 다시는 이런 거 가져오지 마! 고양이의 보은 그런 거 안 해도 돼! 심장 떨어질 뻔했네!!!!"

알아, 네 맘. 그렇게 애절하게 감사의 표시하지 않아도 안다고. 그렇게 고마우면 앞으로 나한테 잉어나 열심히 바쳐!

Chapter 8

길막이의 출산기

큰일 났다. 얼마 전부터 이상하게 몸이 무겁고 힘들다 했는데, 알고 보니 배에 새끼들이 들어차 있었다. 몸이 예전 같지 않고 배가 나와서 겨울을 맞이하기 위해 털이 촘촘해지는 거라고 생각했는데, 그게 아니었다.

내가 엄마 고양이가 된다니!

배에 새끼들이 있는 줄도 모르고 천방지축처럼 이리저리 뛰어다닌 건 아닌지 걱정이 몰려오기 시작했다. 어쩐지, 이상하게 자유로운 영혼이었던 내가 이 양어장에 자리를 잡고 싶더라니. 본능적으로 몸의 변화를 감지했던 것일까.

천만다행으로 그동안 인간이 갖다 바치는 영양가 높은 물고기들을 먹어서 배 속에 있는 새끼들의 건강은 걱정이 없었다. 신선한 물고기들을 꾸준히 섭취했으니 음식 쓰레기를 먹던 것과는 달리 영양이 고루 새끼들에게 갔을 것 같다. 그런 생각을 하니 이 양어장에 자리를 잡은 것에 뿌듯함을 느낀다.

이제 나만 잘하면 된다. 나만 잘하면 새끼들은 몸 건강히 태어날 수 있을 것이다.

가장 먼저 해야 할 일은 새끼를 낳을 곳을 찾는 것이다. 새끼를 낳고 몸을 풀 곳은 외부로부터 안전한 곳이 좋다. 혹시라도 무슨 일이 벌어질지 모르니 말이다. 양어장은 인간들도 왔다 갔다 하는 데다 다른 고양이, 그리고 무엇보다-묶여 있기는 하지만 가끔 산책하느라 밖으로 나오는-개들도 있는 만큼 무조건적으로 안전하다고 볼 수는 없다. 이 양어장 안에서도 안전한 곳을 찾아야 한다.

누군가에게 쉽게 보이지 않는 양어장 뒤쪽 보일러실이 좋을 것 같다. 배가 점점 자주 아파오기 시작한다. 조금 더 시간이 지나면 새끼들이 금방이라도 나올 것만 같다. 준비를 해야 한다.

시간이 지나자 간헐적으로 천천히 오던 통증이 이제는 잦아지기 시작했다. 통증이 잦아지니 온갖 것들이 다 짜증이 난다. 몸이 무거운 것도 짜증이 나고, 아픈 것도 짜증이 난다. 어디 돌아다닐 수도 없는 몸이라는 것이 이렇게 불편할 줄이야. 입맛도 없어졌다. 온몸에 힘이 하나도 없어 작은 일에도 화가 치민다.

…그러다 어떤 놈의 짓인지 떠올려 보았다. 많은 용의자가 있지만, 왠지 강가에서 물을 같이 먹으며 친해진 노란 녀석일 것도 같고, 몇 개월 전 음식을 찾아서 같이 먹었던 흰색과 얼룩무늬가 함께 섞여 있는 녀석의 소행인 것도 같다. 하여튼, 새끼들이 나오고 난 뒤에 이 몸을 이 꼴로 만든 지조 없는 수컷 놈을 잡아 와야겠다. 가만두지 않으리.

이윽고, 몇 시간 동안 사경을 헤매다시피 하면서 출산을 했다. 총 네 마리의 새끼를 낳았다. 새끼들을 낳고 나니 갑자기 얼마 전 먹었던 잉어찜이 생각났다. 몸을 풀고 나면 정말 맛있게 먹을 수 있을 것 같다.

새끼들은 영양가 높은 음식을 먹어서인지 털도 윤기가 흐르고 어디 하나 부족한 데 없이 잘 태어났다. 삼색이와 인간에게 보여 주고 싶지만 움직일 여력이 없다. 지금 할 수 있는 거라고는 고작 새끼들의 몸을 핥아 주고 춥지 않도록 체온을 유지시켜 주기 위해 품어 주는 것밖에 없다.

시간이 흘러 다음 날, 몰려오는 허기로 인해 지친 몸을 일으켰다. 쉴 새 없이 젖을 찾는 새끼 네 마리를 위해 어쨌든 뭐라도 먹어야 했다. 양어장 근처로 가니 인간이 나를 반겼다. 출산을 하느라고 양어장에 오지를 않았더니 내가 궁금했나 보다.

"하루 동안 어디에 가 있었어? 어? 너 배가 홀쭉하다?"

인간은 내가 새끼를 가졌다는 것을 알고 있었던 걸까. 연신 내 배를 보더니, 새끼가 있는 곳으로 돌아가는 나를 쫓아왔다. 자기는 나름 몰래 쫓아온다 생각하는 건지 평소와 다르게 발걸음 소리를 낮추며 날 따라왔다. 멍청한 인간, 다 들린다. 고양이 귀를 뭘로 보고? 나중에 소리 없이 걷는 살금살금 스텝을 좀 알려 줘야겠다.

인간은 새끼들이 있는 곳에서 한참 동안 머물렀다. 한편으로는 갑자기 인간이 새끼들을 해코지하면 어떻게 하나 조마조마했지만, 인간은 연신 신기해하는 감탄사를 내뱉으며 지켜보기만 할 뿐 손도 까딱하지 않았다. 만져 볼 법도 한데 새끼들이 너무 작고 여려 보여서 그럴 엄두를 내지 못하는 것 같았다.

Chapter 9

성의를 봐서 한번 누워 줄게.

인간은 새끼들이 신기한지 예전보다 더 자주 나와 새끼들이 있는 곳을 찾아왔다. 나름 준비한 음식의 질도 나쁘지 않다. 새끼들을 낳아서 그런지 영양이 풍부한 음식을 찾고 싶은 욕심이 든다.

덕분에 새끼들은 양어장에서 딱히 위험한 일 없이 쑥쑥 커가고 있다. 아마 나를 낳은 엄마 고양이도 이런 감정을 느꼈겠지. 듣기로는 인간들에게 매우 친절한 고양이였다고 하는데, 덕분에 새끼들을 낳고 잘 지내고 있다.

한참 감상에 젖어있는데, 갑자기 인간이 부산을 떨며 이상한, 하얗고 큰 물건을 들고 온다. 가만 보고 있노라니, 덩치 큰 개들의 영역에 있는 '개집'이라고 하는 것과 비슷한 것이었다.

…설마, 나보고 저기서 지내라는 건 아니겠지? 어이, 인간. 나는 네 애완동물이 아니라고!

"내가 힘들게 만들었는데 넌 왜 들어가지를 않니?"

집이라고 가져온 저것에 내가 들어가지 않자, 인간은 퍽 낙심한 표정이었다. 가만 보니, 나름대로 지붕도 있고 창문도 있는 것이 나쁘지는 않았다. 겨울이라고 이중창으로 창문을 낸 것도 인간치고는 센스가 제법이었다.

그럼에도 나와 새끼들이 들어가는 것을 주저하자, 집 안에 간식을 넣어 우리를 유혹하기 시작했다. 간식이 등장하니 새끼들은 어느새 집 안으로 들어가 신나게 노는 모습이었다. 이제 그만 튕기고 성의를 봐서 한번 들어가야 할 것 같았다.

그렇게 들어가 본 흰색 집은 제법 안락했다. 다가오는 겨울에 추위를 막아 줄 것 같은 느낌도 들었다. 지붕에 달아 놓은 창을 통해 햇빛이 들어와 몸이 노곤노곤해졌다. 잠깐 낮잠 좀 자야겠다.

Special Page

양어장에 온 삼색이

내 이름은 삼색이. 왜 삼색이냐고? 흰색, 갈색, 검정색이 멋들어지게 내 몸을 수놓고 있거든. 보면 볼수록 윤기가 넘치는 이 빛깔은 나의 넘치는 애교와 어우러져 치명적인 매력을 발산하지.

자기소개는 여기까지 하고. 지금 내가 있는 곳은 내가 사는 곳 근처의 양어장이다. 인간이 관리하는 이 양어장에는 무슨 일이냐고? 먹음직스러운 물고기들이 그득한 이곳이 무릉도원이라는 것을 소문으로 들었기 때문이지. 그곳에 길냥이 동료인 길막이가 꿀을 빨고 있다는 소문을 들으니 가만있을 수가 있어야지.

"저 아래 양어장에 가면 물고기가 넘쳐난대. 근데 곰도 구르는 재주가 있다고, 그 집 인간이 물고기 사냥을 그렇게 잘한다고 하더라고. 매일 매일 싱싱한 생선들을 굽기도 하고 삶기도 해서 준다는데 그 맛이 엄청나다네? 길막이가 거기서 실제로 인간들이 주는 생선을 먹고 해 준 말이야!"

검은 고양이, 떠버리 네로 녀석이 해 준 말이라 반신반의했지만 뭐, 할 일이 딱히 있는 것도 아니고 자유로운 영혼이니 한번 가 보는 것도 나쁘지 않겠다 싶어서 발걸음을 옮겼다.

그런데 이게 웬일. 반신반의하던 눈앞에 곰 같은 인간이 터벅터벅 걸어와 삶은 물고기를 내어놓는 것이 아닌가!

사실 나는 다른 길냥이들과는 달리 인간들을 그다지 어려워하지 않았다. 왜냐면 내가 겪어왔던 인간들은 고양이 애교라면 껌뻑 죽는 것들뿐이었기 때문이다. 간간이 인간들이 고양이를 해친다는 소리가 들리기도 하지만 그건 운 나쁜 고양이들의 이야기일 것이다. 아니면 나처럼 애교가 없거나!

가끔 길거리에서 고양이라며 해코지를 하려던 인간들도 내 애교 한 방에 살살 녹아내렸기 때문에 인간들을 대하는 것에 그리 큰 어려움이 없었다. 그래서 어쩌면 양어장에 가는 것이 더 쉬웠던 것이었을지도 모른다.

처음 본 양어장 주인은 내게 눈으로 누구냐고 묻는 것 같았다. 훗, 이 인간이 아직 나를 모르는군. 당신도 아마 나의 애교를 보면 가만있을 수 없을 것이야. 나로 말할 것 같으면 이 구역의 애교신, 애교왕! 내 애교에 무릎을 안 내어준 인간은 단 한 명도 없었단 말씀이다.

초반부터 너무 들이대면 좀 놀랄 수 있으니 인사는 천천히 해야겠다. 일단, 이 앞에 놓인 야들야들해 보이는 순백의 잉어부터 먹어야지.

그렇게, 나는 묻지도 따지지도 않고 순백의 잉어와 함께 이 양어장에 자리를 잡기로 했다. 배가 부르다며 잉어를 먹지 않는 길막이 녀석이 살짝 이상하게 느껴졌지만-왠지 옆에서 의심스러운 눈초리로 계속해서 내가 먹는 것을 지켜보고 있었기 때문이다-뭐, 어때. 잉어는 맛있고, 인간에게 선보일 애교는 항상 장전되어 있으니까. 난 이곳이 마음에 들었어!

Special Page

양어장은 이제 내 영역

천국이 있다면 이곳일까. 사과나무가 열리는 에덴 동산이 바로 이곳이 아닐까. 내가 전생에 얼마나 많은 덕을 쌓았길래 이런 행운이 나에게 온 것일까. 나는 행운이 가득한 고양이라고밖에 생각할 수가 없는 일이다.

나의 영역이 된 양어장은 그야말로 지상 낙원이었다. 내 주위에 있던 나이 지긋한 다른 길냥이들이 세상에 그런 곳은 없다며 이곳으로 가겠다는 나를 뜯어말렸지만, 그 말을 듣지 않은 것이 다행이라는 생각이 들 정도로 이곳은 그야말로 천국이다.

일단 소문대로 수많은 물고기가 항상 그득했다. 내가 좋아하는 생선 냄새가 항상 넘쳐흐르는 곳이 바로 이곳인 것이다! 어디 그뿐이랴, 시간이 되면 향긋하게 구워지거나 부드럽게 삶아져 나오는 생선 요리도 내 주린 배를 채운다.

또, 어장 속에는 사냥놀이를 할 만큼 생선들이 가득해 심심할 틈이 없다(물론, 인간 소유의 물고기이기 때문에 물고기들을 죽이거나 하면 큰일 난다).

물론 약간의 애로사항은 있다. 일단 먼저 온 고양이인 길막이 녀석이 내가 여기 있는 것을 경계하는 것만 같다. 처음 몇 번은 내가 물고기를 먹는 것을 유심히 쳐다보길래 이상하다는 생각만 했었는데, 시일이 지나고 내가 이곳에 눌러앉은 것을 알아채자 노골적으로 나에게 하악질을 하며 분노를 표출하기 시작했다.

하긴, 저 녀석 심경이 이해가 안 되는 건 아니다. 내가 오기 전에 저 녀석은 아마 이곳에 있는 물고기와 즐거움이 온전히 다 자기 것이라고 생각했겠지. 영악한 녀석. 잘은 모르겠지만 나를 끌어들인 목적이 있을 텐데, 그 목적을 달성한 뒤에도 내가 계속 이곳에 머무르자 불쾌한 감정이 자신도 모르게 드러나는 것일 게다.

사실, 그럴 정도로 이곳은 충분히 메리트가 넘치는 곳이다! 무언가 대가를 치르지 않아도 물고기 요리가 무제한으로 제공되니, 춥고 거칠고 먹이 때문에 힘든 스트릿 라이프를 영위해 온 길냥이들에게 있어서 이곳 양어장은 지상 천혜의 낙원이라는 생각이 들 수밖에 없는 것이다.

미안한 말이지만, 나는 길막이가 싫어한다고 하더라도 이곳에서 떠날 마음이 한 개도 없음이시다.

무엇보다 이곳의 인간은 나의 애교를 너무나 마음에 들어 한다. 인간들이란 어차피 나의 애교를 보면 내가 원하는 것을 제공하는 존재들. 이곳 양어장의 인간은 성묘가 되었어도 여전히 세상엔 착한 인간들만 존재한다고 믿는 나의 신념을 굳혀준 고마운 존재이다.

…길막이에게는 미안하지만, 이제 이곳은 내 영역이다. 후후후.

Special Page

낯선 놈의 등장

양어장의 일상은 평화롭다. 늘어지게 자고 일어나면, 인간이 어느새인가 인기척을 내면서 요리된 물고기를 그릇에 담아 들고 온다. 그것을 먹고 몸단장 좀 하다 보면 따스한 햇볕에 식곤증이 몰려온다.

음식을 구할 필요가 없고, 비바람을 피하고 추위도 막을 수 있는 곳이기 때문에 더 뭔가가 필요하지 않다. 이곳을 모르는 다른 길냥이들이 불쌍할 뿐이다. 묵념.

심신이 평온하다 보니 다른 곳에 눈길이 쏠린다. 최근에는 자꾸만 치근덕대는 수컷 고양이 한 마리가 나타났다. 어디서도 본 적이 없는데, 나한테만 그러는 건지 아니면 다른 암컷 고양이한테도 그러는 건지는 모르겠지만 귀찮은데도 자꾸만 치근덕대는 것이, 혹시 이곳 양어장의 영역을 빼앗기 위한 것이 아닌지 의심마저 들 정도였다.

그런데 참 특이하게 생긴 수컷 고양이다. 스트릿 고양이들 사이에서는 잘 보이지 않는 둥그런 얼굴 모양을 가진 녀석이었고,

더욱이 표정도 뚱한 것이 무슨 생각을 하고 있는지 알 수가 없었다.

게다가 자꾸만 계속해서 귀찮게 달려드는 것이 마뜩잖아 꼬리를 탁탁 좌우로 흔들며 심기가 불편하다는 것을 표현했다. 그런데 이게 내 경고에도 무서워 도망치기는커녕 오히려 강아지마냥 내게 달려들어 놀자는 것이었다.

이거야 원, 이놈의 미모가 문제지. 그래, 같이 어울려 주지 까짓것. 그렇게 우리는 한참을 뒹굴뒹굴 풀밭에서 뛰어놀았다.

…그때, 이것이 초래할 일을 나는 예상하지 못했다.

Special Page

뜻밖의 복병
- 길막이의 텃세

"야! 저 인간에게서 내 냄새 안 나?! 저 인간은 내 거야!"

지상낙원과도 같은 평화로운 이곳 양어장…이었지만, 이날은 달랐다. 따뜻한 햇볕이 내리쬐던 오후였지만, 따뜻한 햇볕과는 달리 길막이의 엄청난 분노가 나를 향한 것이다.

처음에는 새끼를 낳은 지 얼마 되지 않아서 예민함에 성질을 부리는 것이라고 생각했다. 하긴 어렸을 적부터, 출산을 하면 예민함이 심각해져 주위에 거침없이 자신의 화를 풀어낸다는 이야기를 들은 적이 있다.

그래도 길막이 본인이 이곳에 나를 불러놓고, 갑자기 화를 내는 것은 이해가 가질 않았다. 특히 화를 낼 때가 먹이를 주는 인간에게 내가 다가갈 때였다. 처음에는 못마땅하다는 듯이 쳐다보기 시작하더니, 시간이 지나고 며칠이 지나자 하악대는 수준의 음높이가 엄청나게 높아지기 시작했다.

…아니, 왜 갑자기 텃세를 부리기 시작한 건지 알 수가 없단 말이다.

그러던 어느 날, 길막이가 갑자기 돌변한 이유를 알 수 있었다. 여느 날처럼 인간의 무릎에 올라가 나의 갖은 애교로 인간을 홀리고(?) 있을 때였다. 갑자기 길막이가 나타나 인간의 소유권을 주장하고 나서기 시작한 것이다.

길막이와 그다지 친하지는 않았지만, 저 녀석이 인간을 싫어한다는 것은 익히 잘 알고 있었다. 자존심이 꽤 강한 데다 자유로운 영혼의 소유자인 만큼 인간 친화적인 고양이들이나 멍멍이들을 경멸하는 녀석이었다.

그런데 갑자기 이 녀석이 인간의 소유권을 주장하니, 어안이 벙벙할 수밖에. 이게 미치지 않고서야 갑자기 돌변을 할 이유가 없지 않은가!

"아니, 이 인간 무릎에 네가 전세라도 냈어?! 왜 갑자기 난리야! 너 죽어 볼래!"

"이 인간 몸에 내가 영역 표시해 뒀다고! 당장 내려오지 못해!?!"

"시끄러워! 인간한테 관심도 없던 게 뭐에 갑자기 수틀려서 이 난리야?!"

갑자기 길막이와 내가 하악대면서 실랑이를 벌이자 인간은 어안이 벙벙해 우리 둘을 연신 번갈아 가며 쳐다볼 뿐이었다. 그렇다고 그만둘 수는 없었다. 길막이 녀석이 히스테릭하게 나오니 나도 히스테릭해질 수밖에 없었던 것이다. 더욱이 먼저 이곳에 왔다고 텃세를 부리는 것 같은데, 여기서 물러나면 계속 양어장에 있을 수 없지 않는가!

이제는 양어장도 내 영역이 되었기 때문에 길막이의 변덕스러운 하악질에 질 수 없었다. 나도 있는 힘껏 경계하며 길막이에게 맞섰다. 망할 것, 엄마가 되니까 더 사나워진 건지, 장난 없네, 이거.

아니, 그것도 그렇지만 이쯤 되면 인간이 나서서 싸움을 중재해야 하는 것 아닌가? 이 인간은 나서지도 않고 그냥 고양이 두 마리가 싸우는 것을 보고 가만히 있는 게 전부이니. 참으로 답답하기 그지없다.

무엇보다 그동안 내 애교를 보고 즐거워했으면 내 편을 들어야지, 먼저 들어왔다고 길막이 편이라도 들 셈인가? 이 망할 인간!

"삼색아, 그만! 이리 와. 그만 싸워."

한참 동안 길막이와 하악질을 하며 싸움을 하다 보니 더 이상 지켜보지 못하겠는지 인간이 나를 불러서 길막이와 나를 떼어 놓기에 이른다. 인간이 내 이름을 불렀기에 망정이지, 만약 길막이한테 먼저 갔으면 다시는 내 애교를 보지 못했을 거다. 어휴, 짜증 나!

Special Page

내 밥그릇은 내가 챙긴다.

길막이와의 싸움이 있던 이후, 길막이와 눈만 마주치면 서로 하악대며 그르렁대고 싸우는 일이 반복되었다. 신경전으로 그칠 때도 있었지만, 까딱 잘못하면 유혈사태가 벌어질 뻔한 적도 있었다.

곰곰이 생각해 보니 예전에 길막이가 내게 했던 이야기가 생각이 났다. 길막이가 맨 처음 이곳에 발을 들였을 때는 저 인간이 자기를 여러 번 내쫓았다고 한다. 처음부터 물고기 요리를 해서 갖다 준 건 아니었다고.

하지만 그렇게 계속해서 자신을 내쫓는 인간의 핍박을 버텨내고 결국 인간이 자신에게 물고기 요리를 가져다주기까지 이르렀다고. 다른 고양이였으면 포기하고 다른 곳으로 도망갔겠지만, 자신은 포기를 모르는 고양이인 만큼 그런 인간의 핍박을 견뎌낼 수 있었다고 으스대며 말했었다.

그만큼 길막이는 독하고 또 자신의 말대로 포기를 모르는 고양이인 건 분명했다. 머리도 비상해서 뭔가를 쟁취하고자 하면 어떻게든 머리를 굴려서 해결 방법을 찾아내는 녀석이었다.

그런데 이제 와서 뒤늦게 텃세를 부리는 게 이상했던 것이다. 길막이 자신이 노력해서 쟁취한 이 양어장이라는 영역에 굳이 나라는 고양이를 부른 것이 이상하다고 생각할 수밖에 없는 것이다. 뭔가 나를 부른 목적을 달성하고 난 뒤이기 때문에 쓰임새가 다 되었으니 나를 쫓아내려고 하는 걸까? 이제는 길막이가 밥 먹을 때마저도 텃세를 부리니, 참으로 피곤한 나날이 아닐 수 없다.

그렇다고 해서 길막이의 텃세 따위에 굴복할 수는 없다. 아주 어렸을 적부터 혼자 살아온 나에게는 누구도 무시할 수 없는 애교라는 강력한 무기가 있기 때문이다. 이곳 양어장의 인간은 이미 나의 애교의 노예가 되어버렸다. 언제 어디서든지 나에게 무릎을 내어 주게 된 것이다!

나의 거부할 수 없는 미모와 애교에 인간은 계속해서 풍미 가득한 물고기 요리를 조공해 올 것이다…. 이곳에 와서 조금 뚱뚱해졌지만 괜찮다. 그래도 인간은 예쁘다고 난리다. 길막이가 계속해서 횡포를 부리더라도 나의 숨 막히는 미모가 있는 한, 나는 양어장을 떠나지 않을 것이다!

Chapter 10
화보 촬영

'찰칵, 찰칵!'

아…. 또 시작이다. 얼마 전부터 알 수 없는 것을 나에게 들이밀고 저 소리를 계속 내는데, 처음에는 소리만 나고 아무 일도 일어나지 않아 그냥 그러려니 했지만, 저 소리가 들릴 때마다 인간이 혼자서 고음을 내면서 알 수 없는 말을 마구 해대니, 슬슬 귀찮아지기 시작했다.

당최 뭐 하는 짓인지, 원.

이야기를 들어 보니, 저 찰칵대는 것은 '사진을 찍는' 인간들의 도구로, '카메라'라고 한다. 사진을 찍으면 그 순간을 저장할 수 있다는 점에서 인간들에게 사랑받는 일종의 유희 문화 장비 중 하나라고 하는 것 같다.

내 기준에는 메뚜기나 방아깨비 잡기 놀이를 하거나, 수조에 있는 팔딱거리는 물고기 잡기 놀이가 훨씬 재미있지만, 뭐 고양이와 인간이 같을 수 없으니. 저런 걸로 신나 하는 게 신기하기는 하지만 어쨌든 그러려니 하고 있다.

…그래도 좀 과하게 신이 난 것은 아닌가 싶다. 사진을 많이 찍고 싶었는지, 아니면 누구한테 보여 줄 일이 생긴 건지, 멍멍이들을 불러 모아서 한바탕 간식 파티를 열고 사진을 찍어대고 있다. 멍멍이들 사진을 찍고자 하는 것 같은데, 저놈의 멍멍이

들은 사진을 찍는지, 주인이 뭐 때문에 간식을 주는지 알지도 못하고 그냥 눈앞에 간식에만 몰두해 있다. 저렇게 주인의 마음을 모르는 반려동물이라니. 최악이다.

그런 면에 비춰 볼 때 나는 가히 모델이라고 해도 과언이 아닐 정도의 스타급 센스를 타고났다고 할 수 있다. 간식에 몰두하느라 카메라를 등지고 난리를 피우고 있는 저 녀석들과는 비교할 수 없을 정도의 수준이거든.

역시 카메라가 어디에 있든, 카메라를 잡아먹는 끼는 아무나 가지는 것이 아니다. 사진은 고양이의 문화가 아니라 인간의 문화지만, 금세 이해하고 포스를 발산하는 것. 클래스가 다르다는 것은 이런 걸 두고 일컫는 것이 아닐까?

그동안 인간은 자주 나에게 카메라를 들이댔다. 그리고 나는 본능적으로 나의 끼를 발산하기 시작했다. 스타는 어디에 있든 빛나기 마련. 인간은 내 끼를 진작 알아봤고, 간식을 먹느라 카메라에 궁둥이만 들이대는 저 미개한 것들과는 달리, 나는 인간에게 만족할 만한 원샷을 제공했다.

…물론 삼색이도 고양이랍시고 원샷을 잡히기도 했지만, 그것은 카메오에 지나지 않을 터. 항상 주인공은 나의 몫이었다. 인간, 이제 멍멍이들을 찍기 위한 고군분투를 접고 나에게 오라. 이 몸이 '카메라에 찍히는 원샷 동물'의 모범을 보여 줄 테니까.

잘 봐라, 이 센스 없는 것들아. 찰칵!

Chapter 11

어디서 또 이상한 걸 주워 왔어?

이야기를 하기에 앞서, 일단 겨울을 맞이하는 고양이에 대한 상식을 좀 이야기하고자 한다.

고양이는—아니 고양이만 그런 것이 아니고 털갈이를 하는 다른 동물들도 마찬가지겠지만—가을이 무르익고 겨울이 되면, 털갈이를 하면서 동시에 겨울의 추위를 이겨낼 수 있는 털을 갖추게 된다. 그리고 자연스럽게 지방을 쌓아 겨울의 혹독한 추위를 대비하려고 하는데, 이것은 길냥이들이나 집냥이들 모두에게 해당되는 야생의 본능이라고 할 수 있다.

혹자들은 이런 모습을 보고 그냥 단순히 '살이 쪘다'라고 하지만, 다 이유가 있어서 몸집을 불리고 털을 두텁게 하는 것이란 말이다! 인간들도 추위가 몰려오면 두터운 옷을 입듯이, 고양이들도 그런 이치인 것이다.

그런 면에서 지금 인간이 뭔가 꼼지락대고 있는 저것은 심히 마음에 들지 않는다. 갑작스럽게 요즘 밥의 양이 줄어들더니,

이제는 운동을 시킨단다. 즉, 내가 밥을 많이 먹어서 살이 쪘고, 이 살을 빼기 위해 운동을 해야 한다는 것이다.

…이 인간이 정신이 나갔나.

또한 어느 날부터 인간은 나를 돼냥이라고 부르기 시작했다. 돼지+고양이의 합성어라나 뭐라나. 아니, 추워서 지방 좀 쌓고 털 좀 두텁게 했는데, 돼냥이라니. 돼지라니! 세상에 이렇게 억울한 일이 또 어디 있단 말인가!

내 마음이 이러거나 말거나, 인간은 이윽고 뭔가를 꼼지락거리다가 긴 막대기를 들고 밖으로 나왔다. 그리고 막대기 끝에는 줄과 함께 뭔가가 이어져 있는 것이 보였다. 대체 저게 어디에 쓰는 물건인고?

"길막아, 이제 이걸 잘 봐, 얘를 잡는 거야!"

이윽고, 내 앞에서 갑자기 휘 휘 흔들기 시작하는데…. 돼지라고 놀리고 살이 쪘다고 오해를 해도 어디까지나 오해이기 때문에 그냥 무시하려고 했다. 인간이 무슨 쓸데없는 짓을 하고 있는지, 신경을 쓰지 않았다. 내가 좋아하는 물고기나 좀 예전처럼 많이 주기를 바랄 뿐이었다.

그런데, 인간이 막대기를 가져와 휘두르니, 나도 모르게 몸이 그쪽으로 반응을 하는 것이 아닌가! 막대기 끝에 줄로 매달린 저 사냥감, 저것을 잡아야 한다! 인간의 의도대로 내 몸이 반응하는 것이 심히 자존심이 상하는 부분이긴 하지만, 이미 내 몸은 움직이고 있다. 저것을 잡기 위해 몸을 날리고 있단 말이다!

숨은 차오르고, 힘들지만, 묘하게 빠져드는 저 막대기. 좀 더… 좀 더 해 봐!

Chapter 12

수컷냥들의 연쇄 실종

내가-어느 몹쓸 놈의 행각인지는 아직까지 알 수는 없지만-새끼들을 낳고, 젖을 물리면서 든 생각 중의 하나는, 어느 날 이 녀석들도 성장해서 독립을 하겠구나, 라는 생각이었다. 나도 까마득한 옛날, 눈도 제대로 뜨지 못하는 새끼였던 시절이 있었지만 어느덧, 이렇게 장성해서 네 마리의 새끼들이 있는 엄마냥이가 되었으니…. 참으로 격세지감이 아닐 수 없다.

그리고 참으로 시간이 빠른 것이, 먼 훗날이라고 생각했던 때가 갑작스럽게 오리라고는 생각하지 못했다. 어린 핏덩이 같았던 새끼들이 어느덧 독립할 시기가 된 것이다.

새끼들을 떠나보낼 생각을 하면 마음은 아프지만, 언젠가는 맞이할 일이었기에, 새끼들의 묘생을 위해 지금은 한 발짝 떨어져 지켜볼 때라는 생각이 들었다.

그리고, 그날은 생각보다 일찍 찾아왔다.

사실 며칠 전부터 아들 새끼냥이 녀석은 전조를 보이고 있었다. 계속해서 밖으로 나돌기 시작해서 아침이 되면 지친 모습으로 양어장으로 들어오길 반복하고 있던 것이었다.

"아들, 어디 다녀오니?"

"뭐…, 그런 게 있어요."

"엄마한테 얘기 좀 해 봐."

"아이, 엄마는 뭘 그런 걸 알려고 그래요. 엄마는 몰라도 돼요."

기껏 양어장에 뿌리내리고 별 탈 없이 클 수 있도록 먹여 주고 재워 줬건만, 기껏 한다는 소리가 '엄마는 몰라도 돼요.'라니. 성질 같아서는 뒤통수를 한 대 때려 주고 싶지만 간신히 꾹 참고 터덜터덜 발걸음을 옮기는 녀석의 뒷모습을 바라만 본다.

사실 물어보지 않아도 아들이 무슨 짓을 하고 돌아다녔는지 견적이 나온다. 바로 제 짝인 암컷냥이를 찾아 밤새 돌아다니고 왔을 것이 뻔하다.

하긴, 어렴풋이 생각해 보면 수컷 새끼들은 가족들의 품을 떠나는 시기가 매우 빨랐던 기억이 난다. 다른 길냥이들 가족들도 암컷 새끼들과는 달리 수컷 새끼들은 제 짝을 찾으면 미련 없이 자신의 가족을 일구고 떠나버렸다는 이야기를 들은 적이 많았다. 역시 이래서 아들은 키워 봐야 소용이 없다고 하는 것일까.

이제 곧 마음에 드는 제 짝이 나타나면 뒤도 안 돌아보고 떠날 놈이다.

그래도 수컷이 되어서 제 영역도 하나 못 찾고 엄마 곁에서 빌붙어 있는 것보다는 낫다고 스스로를 자위해본다. 벌써 둥지를 떠나 자신의 가족을 일구고 자신의 영역을 찾아 떠날 생각을 하는 대견함을 먼저 생각할 수밖에.

…이렇게 생각을 하는 걸 보면 나도 어느덧 우리 엄마처럼 새끼들을 먼저 생각하는 고양이가 되어가고 있구나, 싶다.

그리고 얼마 지나지 않아 수컷 새끼 고양이 두 마리가 모두 우리 둥지를 떠났다. 집에 돌아오지 않는 시간이 이틀, 사흘, 길어지더니 며칠째 들어오지 않는 걸 봐서는, 마음에 드는 암컷을 만나 길을 떠난 것 같다.

이 녀석도 내 남자 형제들처럼 때가 되니 떠난 것이고, 떠난 뒤로는 단 한 번도 얼굴을 비추거나 찾아오는 일이 없을 것이다. 아쉽고 서운하지만, 고양이로 태어난 이상 어쩔 수 없는 과정이다. 다만 바라건대, 이 동네 수컷 대장 고양이가 워낙 무시무시한 놈이니 해코지당하지 않고 그놈 눈을 피해 멀리 떠나기를 바랄 뿐이다.

부디 건강하고 행복하기를, 아들들아.

Chapter 13

인간과 함께 등산

"인간, 물론 여기저기 하루 종일 바쁘게 돌아다니는 건 알겠는데(뭔 짓을 하는지는 모르겠지만) 그건 운동이 아니라구! 우리 고양이들처럼 산이며 들이며 온갖 장애물을 뛰어넘는 격한 움직임이 몸과 정신을 단련시켜 주는 거야."

양어장의 밥 셔틀 인간은 온종일 뭐가 그렇게 바쁜지 양어장을 찔끔찔끔 돌아다니는 것이 하루 일과의 대부분이었다. 물론 위대한 고양이인 내가 인간의 생활 따위 알 필요는 없다. 그런데 아무리 생각해도 저 인간, 운동 부족이다. 조금만 걸음이 빨라져도 헐떡대기 일쑤이니.

자꾸만 나보고 돼냥이라고 하지만, 저 인간도 겨우내 살이 오동통하게 오른 것 같다…. 사실 저 인간이 살이 찌든 말든 나하고는 상관없는 일이지만, 살이 너무 쪄서 움직이지 못하게 되거나 운동 부족으로 몸져눕기라도 하면 내 밥은 누가 준단 말인가!

이것은 그야말로 생존과 직결되는 문제라고 할 수 있는 것이다(두둥)!

때문에 인간과 함께 산을 한번 타 보기로 했다. 물론 정확히는 인간이 나서는 길에 나와 삼색이가 따라가는 것이다. 저 눈엣가시와도 같은 삼색이와 같이 가는 것이 퍽 마음에 들지는 않지만, 뭐 어떠랴. 저 인간 운동만 시키면 됐지.

뭔가를 먼저 나서서 하는 것은 매우 귀찮은 일이지만, 일단 시작하면 또 완벽하게 하는 것이 나라는 고양이가 아니겠는가. 산을 타면서 장애물을 날렵하게 넘고 뛰어다니며 인간에게 진정한 '등산'이 무엇인지를 완벽하게 보여 주는 나의 모습. 아아, 나르시시즘이란 이런 것인가.

"길막아, 삼색아~! 등산하니까 좋지? 너희는 야생성을 좀 길러야 해. 집에서만 움직이는 건 운동이 안 돼! 막 산이며 들이며 뛰어다니라고."

재 뭐라는 거야? 이보세요, 그건 우리가 할 소리라고요~!

Chapter 14

인간 관찰기

- 인간은 하루 종일 뭘 한다고 저렇게 바쁜 걸까? 그것이 알고 싶다!

요즘 인간이 정신없이 바빠 보인다. 새벽부터 일어나 양어장을 청소하고 물고기들에게 밥을 주고 물고기를 여기저기로 옮긴다. 그러다 해가 중천에 뜰 때, 자기 집으로 들어가 얼굴 한 번을 비추질 않는다.

그 안에서 뭘 하는지 궁금해 창문 이곳저곳을 기웃대 보지만, 사방이 돌로 막혀있는 집이라 통 알 수가 없다. 집에서 나올 때쯤이면 들어갈 때보다 더 지친 몰골로 나타난다. 그 안에서 쉬는 건 아닌 것 같다. 쉬고 나타난다면 저렇게 지친 몰골이 나올 수가 없기 때문이다.

그리고 다음 날 아침이 되면, 새벽같이 일어나 다시 똑같은 일을 반복한다. 인간들은 밤에 잠을 자고 낮엔 움직이는 이상한 동물이다. 그리고 어찌나 잠이 없는지 자는 꼴을 본 적이 없다.

참고로, 나 같은 위대한 고양이들은 시도 때도 없이 숙면을 취해 줘야 한다. 그래야 활동할 때 쌩쌩하게, 보다 날렵하고 우아하게 움직일 수 있기 때문이다!

물론, 최근에는 인간의 이런 '하루 일과'에 변화가 생겼다. 바로 고양이들 때문이다. 한참을 새벽부터 오후까지 여기저기 뛰어다니며 바쁘게 돌아다니던 인간은, 어느 순간 갑자기 문득 '아, 밥!'이라는 외마디 외침과 함께 생선을 들고 와서 커다란 통에 삶거나, 뜨거운 불에 굽기 시작한다.

오늘은 아직 무슨 생선인지 모르겠지만–개인적으로 잉어가 참 좋다!–어쨌든 커다란 통에 물고기를 삶고 있다. 뭐, 하루 종일 무슨 짓을 하고 돌아다니는지는 내 알 바 아니지만, 나를 위한 먹이를 준비하고 있다면 또 얘기는 달라지지.

칭찬을 해 주면 더 잘하지 않을까?

"우리 인간 잘한다, 잘해! 옳지! 불 더 세게 해서 팔팔 끓여 줘, 그래야 부드럽거든."

…물론, 인간의 귀에는 '야옹야옹미야옹그릉그릉'이라고 들릴 뿐이겠지만, 뭐 어때.

Chapter 15

인간이 없는 양어장

요 며칠간, 인간의 기분이 좋아 보인다. 고양이가 어떻게 인간의 기분이 좋은지를 아느냐고? 오래 같이 생활을 해 보니까 자연스럽게 알게 되더라. 처음에는 큰 소리만 내면 기분이 나쁜 건 줄 알았지만, 그것도 또 다 차이가 있더라니까. 알다가도 모를 묘생이다. 인간을 그렇게 경계하던 내가 인간의 기분까지 파악하게 되다니.

어쨌든 최근 인간의 기분이 좋아 보이는데, 왜 좋은 건지까지는 모르겠다. 아무튼 사료 셔틀의 기분이 좋다는 것은 우리에게도 좋은 일이 아닐까.

그런데, 갑자기 인간이 의자에 앉아 깊은 고민에 빠진 듯 한참을 멍하니 앉아 있다. 기분이 좋아 보였다가, 갑자기 고민했다가…. 무슨 일이라도 있는 건가?

그러다가 갑자기 결심한 듯 인간은 벌떡 일어나 주섬주섬 공구들을 챙긴다. 저건 분명히 집을 만들거나 뭔가를 뚝딱할 때 쓰는 도구들인데…. 저걸 가지고 뭘 어쩌려고? 하여튼, 인간의 습성을 가만히 지켜보고 있노라면 묘하게 재미있을 때가 많다.

그렇게 시간이 흘러, 어디에 틀어박혀 있던 인간이 이상한 상자를 들고 나타났다. 저게 대체 뭐야…? 라고 어리둥절하던 찰나, 인간이 갑자기 그 상자에 사료를 담는 것이 아닌가?

순간, 옆에서 나와 같이 그 이상한 행동을 지켜보고 있던 삼색이 녀석. 사료를 넣자 기회는 이때다 하고 달려들어 사료를 먹기 시작한다. 아직도 길냥이 때 습성이 남아 있는지, 먹는 것만 보면 사족을 못 쓴다…. 품격 없는 고양이 녀석!

그런데 이상한 일이다. 삼색이가 마구 사료를 먹고 있는데, 사료가 줄지 않는다! 오히려 사료가 상자 안에서 계속 나오면서 먹은 양을 채워 넣고 있다. 인간 녀석, 이상한 것을 만들었군.

그로부터 며칠 뒤, 인간은 며칠째 보이지 않는다. 하지만 걱정 없다. 인간이 만들어 놓은 마법 상자에서 사료가 쉴 틈 없이 나오고 있으니까. 아마 미루어 짐작건대, 자신이 며칠 동안 자리를 비울 것을 염려해 이것을 만들어 놓은 게 아닐까. 뭐, 이거라면 인간이 딱히 오지 않아도 밥걱정은 없겠지 싶다.

…어이, 인간. 그러면 우리에게 물고기는 더 이상 안 주려고 이러는 거야? 앙?!

Chapter 16

인간 방해하기

오늘은 이 위대한 고양이, 길막이 님의 심기가 상당히 불편하시다. 불편한 심기에 많은 이들이 내 눈치를 보고 있는 것이 현재 상황이다. 주위에서 나를 불편해하고 있다는 것을 익히 알고 있지만, 나는 현재의 심기가 너무 불편하여 이 포스를 거둘 마음이 전.혀. 없으시다.

왜 심기가 불편하냐고? 이봐들, 뭔가를 잘 모르시나 본데. 원래 고양이란 자다가 일어났을 때 떨어지는 낙엽의 모습이 못생겨서 마음에 안 들어, 하늘에 떠 있는 구름 색이 별로 마음에 안 들어, 하면 그냥 마음에 안 드는 거다. 심기가 불편한 이유를 찾아 봤자 '그냥, 불편하니까 불편하시다'라는 말로 정리할 수 있는 거다.

…한 마디로, 내 심기가 왜 불편한지 거 따지지 말라는 거다. 그냥 이 위대한 길막이 님이 심기가 불편하시다, 정도로만 생각하면 되겠다.

어쨌든, 그렇게 불편한 심기를 마음껏 뿜고 있을 때. 더욱 나의 심기를 거스르는 존재가 있었으니…. 바로 내 앞을 알짱거리는 인간이었다. 네 이놈! 그야말로 잘 걸렸다! 내 심기를 불편하게 만든 인간! 하아악!

인간은 어김없이 물고기에게 밥을 주기 위해 부산스레 움직이고 있었다. 내 앞을 자꾸만 알짱대는 것이 심히 거슬린다 이 말씀. 결국, 나는 불편한 심기를 발산하며 인간의 앞을 가로막았다!

그러자 이 인간, 내가 애교를 부리는 줄 알고 가만히 손을 내밀어 나를 쓰다듬으려 하는 것이 아닌가. 이 위대한 고양이 님이 그렇게 호락호락해 보인단 말이지? 에잇, 솜방망이 펀치나 먹어라! 슉슉슉, 이것은 입에서 나오는 소리가 아니여!

그 후로도 한참을 인간의 앞을 막고 솜방망이 펀치로 흠씬 때려 주며 인간을 방해하고 나니, 조금 기분이 풀렸다. 그러게 왜 내 앞으로 지나가긴 지나가? 흥!

인간, 이제 나 기분 좀 풀렸으니까 밥이나 가져와. 일 그만두고 빨리 잉어나 잡아 오시지? 내가 방해했다고 더 바빠진 척하지 말라고!

Chapter 17

태평이의 털갈이

며칠 전부터 숨쉬기가 어려워지기 시작했다. 이것이 말로만 듣던 지구 온난화에 의한 미세먼지 창궐인가? 오다가다 들은 말에 의하면, 중국발 황사에 미세먼지가 많아지는 통에 숨쉬기도 힘들 정도로 공기가 탁해졌다고 하더니만.

…알고 보니, 미세먼지가 아니라 하얀 게 둥둥 떠다니는 것이, 어떤 동물의 털갈이라고 한다. 캑캑, 숨 쉬다가 뭔가 목에 턱, 하고 걸리는 것 같은 느낌이다. 이 털갈이의 주인공은 바로 개들. 양어장에 서식하고 있는 천하와 태평이라는 이름을 가진 멍멍이들의 털갈이 때문에 공기 중에 허연 것들이 둥둥 떠다니고 있었던 것이다.

우리 고양이들도 털갈이하면 지지 않는 것이 사실인데, 이 천하와 태평이 두 마리의 멍멍이들의 털갈이는 스케일 자체가 달랐다. 일단 덩치가 엄청나게 크다 보니까 빠지는 털의 수준이 다른 것이다. 그야말로, 나보다 더한 놈이 나타났다!

그냥 대단하다고 놀랄 정도의 수준이 아닌 것이, 숨을 쉬려고 하면 하얀 것이 입속으로 들어갈 것만 같은 느낌에 하루 종일 캑캑, 캑캑 중이다. 무엇보다 그동안 뭣도 모르고 멍멍이의 털을 먹고 살았다고 생각하니 매우 불쾌하시다!

원래 동물들은 겨울이 되면 보온을 위해 털이 밀도 높게 촘촘히 자란다. 추운 겨울을 나기 위한 방법이다. 그러다 따뜻한 봄이 올 때쯤 털이 빠지기 시작한다. 환절기가 되면 흔히들 말하는 털갈이라는 것을 하는데, 무거운 털이 가벼운 털로 바뀌기 때문에 당연히 털갈이 때 날리는 털의 양은 엄청날 수밖에 없다.

게다가 저놈의 멍멍이들의 덩치를 보라! 털갈이하는 수준이 차원이 다를 수밖에 없다…. 게다가 털갈이를 돕기 위해 인간이 저 두 마리의 멍멍이에게 끊임없이 빗질을 해 주는 듯하다. 그냥 자연스럽게 빠지는 털의 양도 많지만, 빗질로 빠지는 털의 규모는…. 빠지는 털로 새로운 동물 한 마리를 만들 정도의 수준이다.

나도 털이 많이 빠지지만, 저놈은 정말 징하다. 밥을 다른 곳으로 가서 먹어야 하나!

Chapter 18

천하의 출산

호오…. 신기한 일이다. 나 길막이, 이 시대를 살아가는 차가운 도시, 아니, 아니지. 이 구역의 미친 고양이, 이 몸은 모두 다 알다시피 멍멍이 녀석들하고는 상극이었다. 특유의 멍청하면서 알 수 없는 흐리멍덩한 표정. 음식이라면 사족을 못 쓰는 식탐에, 인간이라도 나타나면 간이고 쓸개고 모두 내어줄 것만 같은 저 몸부림. 그러다가 버림받으면 미련하게 기다리는 모습들까지. 자존감 높은 나, 길막이의 스타일과는 전혀 맞지 않음에 틀림이 없었다.

그런데 멍멍이 냄새가 진하게 밴 곳에서 한참 동안 살아서 그런지, 슬슬 멍멍이를 바라보는 나의 시각에도 변화가 찾아오기 시작했다.

계기는 바로 얼마 전. 하도 천하가 고막이 찢어질 정도로 짖어대길래 무슨 도둑이라도 들었나 싶어서 가 봤다. 아니 대체 무슨 일이길래 멀리 떨어져 있는 곳까지 짖는 소리가 들리는 거야? 성대결절 안 오나?

그런데, 하늘이 무너져라 하고 컹컹대던 소리가 사라지고, 갑자기 희미하게 깨갱대는 소리가 들리는 게 아닌가? 가지가지 한다는 게 이런 걸 두고 하는 말인가 보다. 소음에 항의하고자 멍멍이 우리를 친히 왕림하시기로 했다. 아, 개 냄새 싫은데.

그런데 이럴 수가. 어메이징 인크레더블 언빌리버블. 천하와 태평이가 있는 우리에 도착해 보니, 천하가 여러 마리로 늘어나 있는 것이 아니겠는가? 바로 천하가 새끼를 낳은 것이다. 아, 그래서 컹컹대다가 깨갱대다가 그 난리 블루스를 떨었던 것이었군. 출산의 선배로서, 소음공해에 항의하려고 했던 것이 매우 미안해진다. 고생했겠네.

게다가 내가 도착해서 보니, 도착할 때마다 '길막이! 왜 왔어? 무슨 일이야? 우리 같이 놀래? 나 묶여있으니까 네가 여기 들어와서 놀아 줄래? 오늘 무슨 일 없었어? 주인님 못 봤어? 주인님이 언제 오신대? 나 보고 싶다고는 안 하셔? 응? 응? 응?' 이라며 수다에 수다를 마구 떨어댔던 천하 녀석이 기진맥진 혀를 늘어뜨리고 드러누워 헥헥대는 모습을 보고 있노라니, 안쓰러운 마음이 절로 든다.

가만있어 보자, 하나 둘 셋 넷…. 응? 총 일곱 마리를 낳았구만. 하긴. 나는 네 마리를 낳는 데도 이미 고양이별로 떠난 우리 엄마 만나고 올 뻔했는데, 일곱 마리를 생산하셨으니 힘들 수밖에 없겠지. 그래, 고생했다. 오늘은 시끄럽게 한 거 봐줄게. 아, 이 넘치는 자비로움.

그렇게 다시 돌아가는 길에, 인간을 마주쳤다. 인간이 들고 있는 냄비에서 아주 맛있는 냄새가 났다. 출산한 천하를 위해서 인간이 북엇국을 끓여오는 것 같다. 나도 한 입만…이라고 하려다가 말았다. 고귀한 이 몸이 개 먹이를 훔쳐먹을 순 없지, 암.

…그나저나, 개도 새끼는 귀엽구먼. 수고했으니 나중에 쥐라도 물어다 줘야겠네.

Special Page

인간과 천하의 공동육아

나 천하, 엄마가 될 만반의 준비를 마쳤다. 이미 새끼를 가진 사실을 알고 있는 주인님이 새끼들이 안전하게 지낼 수 있도록 거처를 돌봐 주셨고, 순탄한 출산을 위해 맛있는 먹이를 듬뿍 주셔서 잘 섭취했다. 이제 열심히 낳기만 하면 된다.

사실 나는 새끼를 가졌을 때 배가 크게 불러오지 않아서 한 세 마리 정도 낳으려나, 생각하고 안도를 했더랬다. 하지만 처음 해 보는 출산이 조금은 무서웠다. 그 이유는 산책하다가 만난 치와와 똘이 녀석은 열 마리의 새끼를 낳았는데, 사경을 헤매다가 병원에서 눈을 떴다고 했기 때문이다.

아, 동물병원. 그 이상하고 무서운 냄새가 나는 그곳은 정말 가기 싫다! 거기 가면 하얀 옷 입은 이상한 사람이 자꾸 차가운 걸 몸에 대고 바늘을 찔러 댄다고! 아프다고! 깨갱.

이윽고 다가온 출산의 진통. 네 마리까지 낳고 이제는 끝났겠지, 라고 생각했더랬다. 그런데 갑자기 기습적인 진통이 몰려왔다! 생각지도 못했던 진통에 절로 몸이 새우처럼 휘고 깨갱,하는 소리가 났다.

결국 밤새 일곱 마리의 새끼를 낳았고, 준비되지 않은 다둥이들에게 치이느라 정신이 없었다. 앞도 보이지 않는 것들이 계속 내 젖을 찾아서 돌진하는 통에 내 몸을 누일 공간도 부족하다. 나도 모르게 새끼를 깔고 앉는 건 아닌지 걱정되는 통에 마음 놓고 움직일 수도 없다.

다행스럽게도 나는 길거리 멍멍이가 아니었기 때문에, 주인님이 나의 육아를 도와주기 시작했다, 월월, 다행이다.

새끼들이 일곱 마리나 되는 통에 젖을 생각해서라도 흙이라도 파먹을 기세로 먹이를 먹어야 했다. 많이 먹는다고 생각하고 마구 밥을 먹기 시작했다. 그런데도 일곱 마리의 젖을 충당하는 게 힘에 부친다.

한편 새끼들은 젖이 나오질 않아 더 힘을 주어 젖을 빠는 통에 놀라 젖을 주다 말고 일어나기도 했다. 새끼들이 힘이 어찌나 대단한지 내가 일어나면 끝까지 물고 늘어지는 바람에 새끼 몇 마리가 본의 아니게 추운 집 밖으로 딸려 나왔다. 아, 다둥이 엄마가 이렇게 힘들 줄이야.

주인님이 부리나케 달려와 새끼들을 다시 집 안으로 넣어 주고, 신기하게도 어디에서인가 젖을 담아 와서 새끼들에게 먹이기도 했다. 귀동냥으로 들으니, 새끼들은 2시간에 한 번씩 젖을 먹여야 한다고 한다. 덕분에 주인님은 새끼들 먹일 젖을 챙기랴, 내 먹이를 챙기랴 정신이 없었다. 아아, 우리 주인님. 고생이 많다. 나중에 폭풍 애교 충성 충성 해드려야지, 월월.

…그런데 이럴 때 육아를 도와줘야 하는 남편인 태평이는 대체 어디서 뭘 하고 있나 했더니, 밖에서 그냥 아무 걱정 없이 월월대며 돌아다니고 있다. 누가 뭘 먹고 있는지, 제 새끼들이 안전한지, 잘 있는지 관심이 1g도 없으시다.

그러다가 내가 성질을 부리며 들어와서 좀 도와달라고 하면, 새끼들 앞에서 방정맞게 돌아다니다가 내가 마실 물을 뒤엎지를 않나, 새끼들이 겨우 잠들어 조금 쉬어 볼까 할 때면 꼭 큰 소리로 짖어대 새끼들의 잠과 나의 휴식을 방해하기 일수였다.

반면 고군분투하는 내가 안쓰러웠는지 주인님은 매일 북엇국이며, 고기며 이것저것 영양을 보충할 만한 먹이를 가져왔다. 주인님이라도 없었다면 이 힘든 육아를 어찌했을지 생각만 해도 정신이 아득해진다. 주인님의 따뜻한 손을 핥아 고마움을 표시해 본다.

그리고 남편 태평이는 이름 그대로 태평하게 열심히 놀다가 내가 노려보는 것을 보고 슬그머니 반대편 지 집으로 들어간다. 저런 멍멍개…. 아오…. 내가 누구 때문에 이 고생을 하는데. 몸만 일으켜 봐라, 이놈의 남편 콱하고 물어버릴 테다.

Special Page

천하태평 가족의 이삿날

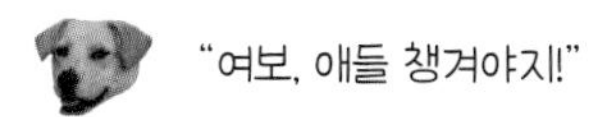

"여보, 애들 챙겨야지!"

오늘은 특별한 날이라 아침부터 온 가족이 부산스럽고 시끌벅적하다. 누가 그랬는가, 비 오는 날 비 피하고, 추운 겨울날 추위를 막을 지붕 있는 거처를 마련하는 것이 견생에 있어 최고의 행복이라고. 그리고 바로 오늘이, 나의 견생 최고의 행복이라고 할 수 있는, 나의 거처가 생기는 그날이다.

태평이와 단둘이 살 땐, 작은 단칸방 하나였어도 좁게 느껴지지 않았다. 하지만 일곱 마리의 새끼를 낳고 더 넓은 집의 필요성이 절실해지고 있었다. 내 물그릇마저도 편히 두지 못하는 좁디좁은 공간에, 새끼들 일곱 마리가 낑낑대며 이리 움직이고 저리 움직이다 내 젖을 찾아 돌진하니 아수라장이 따로 없다.

물.론. 이런 와중에 조금 더 큰 거처를 찾아볼 생각은 하지 않고, 태평이는 한량이 되어 햇볕을 쬐며 코를 골며 잠을 처자고 있다. 아…. 스트레스. 이래서 엄마들이 점점 더 드세지고 목소리 톤이 높아지는가 보다. 저놈의 화상을 오늘은 내 가만히 둘 수가 없었으니…. 곤히 자고 있는 남편에게 다가가 발을 꾹 밟았다. 깨갱, 하는 소리와 함께 후다닥 일어나는 태평이. 나를 빤히 바라보다 이내 한숨을 푹 쉬고 집으로 들어간다.

…때릴까….

그런 와중에, 나의 이런 염원을 알고 있는 것은 마이 마스터, 주인님뿐이었으니…. 며칠 전부터 주인님은 요란한 소리와 함께 뚝딱뚝딱, 뭔가를 만들고 있다. 날카롭게 스쳐 지나가는 직감. 왠지 우리를 위한 무엇인 것 같다. 아아, 은혜로운 DIY의 세계여.

그리고 마침내 오늘 아침. 주인님이 우리 집 살림살이를 밖으로 옮기고 있었다. 집 밖을 살펴보니 드넓게 울타리가 쳐져 있는 집이 보였다. 그곳에 우리 집 살림살이가 있는 것을 보고 새로운 집이라는 걸 깨달았다.

짐을 모두 옮기고 나와 남편이 먼저 새집으로 들어갔다. 아직 새집 냄새가 나긴 하지만 넓은 마당이 있는 집이었다. 새집 감상을 한창 하고 있을 때, 주인님이 새끼들을 하나둘 옮겨 주었

다. 나무아미타불, 할렐루야. 분명히 나는 전생에 주인을 위해 좋은 일을 한 충견이었나 보다.

"우와! 새집 이거 엄청 좋은데?! 그치, 여보! 장난 아닌데? 월월!"

그리고 새끼들이 들어오든 말든 아무 생각 없이 집 안을 뛰어다니며 자기 공간이라고 신나하는 태평이.

……진짜 때릴까…….

Special Page

천하태평 가족의 산책 시간

서당 개도 삼 년이면 풍월을 읊는다고 한다. 그럼 나 정도면 풍월이 아니라 이제 시를 지어서 책을 내도 될 만한 짬밥의 반려견이겠는데?

주인님이 저 멀리서 걸어오고 있는 모습이 보인다. 어느덧 일곱 마리의 새끼를 낳은 나 정도의 반려견이 되면 주인님이 걸어오면서 무슨 목적으로 오는 것인지, 무슨 생각을 하고 있는지 다 알게 되는 법이다. 밥을 주러 오는 건지, 그냥 일하다 말고 농땡이 피우러 오는 건지 단박에 파악할 수 있다는 것이다.

그렇다면 지금의 목적은? 바로 산책이다! 일단 목줄을 들고 오고 있고, 잠깐 밥만 주러 온 것이 아니라 어딘가 나갈 준비를 하고 온 옷차림이기 때문이다. 훗, 갑자기 나의 추리력이 비상해졌다는 생각에 기분이 좋아진다. 맨날 멍멍이들은 멍청하다고 했던 길막아, 나의 추리가 어떠냐! 월월!

"깜짝이야! 천하야, 조금만 기다려! 태평이부터 산책시키고 올게~!"

앗, 이런. 나도 모르게 기분이 좋아져서 기세가 등등함에 짖어 버리고 말았다. 주인님께 미안.

나의 예상대로 일단 주인님은 태평이를 데리고 산책 나갈 준비를 하기 시작했다. 개인적으로 나는 태평이의 산책 시간이 제일 느리게 가는 것 같다. 나도 산책을 가고 싶은데, 남편이 먼저 나가버리니 좀이 쑤셔 견딜 수가 없는 것이다!

그리고 시간이 흘러, 태평이가 돌아왔다! 이제는 내 차례. 온몸의 아드레날린이 분비되어 털이 쭈뼛쭈뼛 선다. 아이참, 이놈의 꼬리는 내가 흔들지도 않았는데 아까부터 모터가 달렸는지 미친 듯이 좌우로 흔들리고 있다. 꼬리가 흔들리는 건지 엉덩이가 흔들리는 건지 모를 정도다. 산책은 매일 해도 매일 미칠 것 같다. 내가 주인님을 사랑하는 101가지 이유 중 하나가 마음껏 뛰어다닐 수 있는 집을 만들어 주고도 매일 정해진 시간에 꼬박꼬박 우리를 산책시켜 준다는 것이다! 주인님이 드디어 나를 데리고 나간다. 주인님의 헌신과 노고에 박수를. 월월!

"아잇, 깜짝이야! 천하야, 왜 자꾸 짖고 그래?"

앗, 또 감정이 밖으로 나와 버렸네.

오늘의 산책 코스는 빙판길 쪽이다. 빙판길을 요리조리 피해서 가면 호수를 둘러싼 길이 나온다. 이곳은 항상 주인님과 달리기 대결을 펼치는 곳이다. 주인님의 신호와 함께 신나게 달린다. 아아, 나는 자유롭다! 이 순간만큼은 자유롭다아아!

어느덧 집으로 돌아가는 길. 콧바람을 넣고 돌아오니 뿌듯함이 가시질 않는다. 역시 산책만큼 좋은 이벤트는 없는 법이다. 아, 돌아가는 길에 동네 아줌마를 만났다. 이러면 안 되는데, 기분이 너무 좋다. 한 번 떠들어 줘야겠다.

"아줌마! 아줌마! 저 알아요 몰라요? 저는 아래 양어장 천하예요! 아줌마! 아줌마한테서 맛있는 냄새가 나는 것 같아요! 아줌마! 아줌마! 아줌마도 산책하는 거예요?! 저 앞에 빙판길 깔려 있어요. 밟으면 발 시리니까 잘 피해 가세요! 그럼 안녕! 다음에 또 만나요!"

Special Page

철딱서니들의 가출

- 천하, 주황, 보라의 하루천하

(집 나가면 개고생)

오늘도 천하의 하루는 평안하다. 가만히 있으면 주인님의 은혜로운 밥이 나오고, 추위를 피할 수 있는 집이 있으니. 어찌 평안하지 않을 수 있으랴. 아아, 축복받은 견생이여.

"엄마, 옆 동네엔 뭐가 있어요?"

그러던 중, 갑자기 적막을 깨는 딸내미 보라의 질문. 점점 커가면서 바깥세상이 궁금하긴 한가 보다. 그러고 보니, 주인과 산책이나 등산을 갈 때 마을을 종종 돌아다니긴 했지만 우리 가족끼리 오붓하게 어디 다녀온 적이 없긴 했다. 하긴, 나도 보라 나이 때에는 바깥세상이 궁금하고 저 들판 너머에는 뭐가 있는지 많이 궁금해서 가출을 결심하기도 했었지.

"엄마, 엄마, 우리 저기 뭐가 있는지 한번 가 봐요! 궁금해서 그래요, 네? 네? 네?"

요것이 누구를 닮았는지 어찌나 초롱초롱한 눈빛으로 꼬리를 살랑살랑 흔들고 애교를 떨어대며 부탁을 하는지. 에휴, 마음 약한 내가 어쩌나. 자식들이 궁금하다는데, 한번 가 줘야지. 평화로운 일상에 여행 한번 정도는 괜찮잖아?

그래서 큰맘 먹고 가족과 옆 동네 여행을 가기로 했다. 우리 동네는 물이 많아 물고기들이 많이 있지만, 옆 동네는 흙이 많은 곳이었다. 겸사겸사 진흙 목욕 투어를 한번 다녀와야겠다는 생각이 든다.

그러기 위해서는 우선 철장으로 둘러싸인 울타리를 벗어나야만 한다. 주인님이 오지 않고서야 잠겨져 있는 문으로 나가는 것은 불가능. 나는 자르기 쉬워 보이는 철조망을 이빨로 집중 공략했다.

잘근잘근, 소싯적 개 껌 씹던 실력이 여기서 발휘될 줄이야. 그리고, 새벽이 되어서 툭, 하는 소리와 함께 철조망이 끊어졌다.

"우와! 엄마 짱이야! 이걸 끊었어! 아빠도 못 하던 건데!"

"그럼 우리 나가는 거야?! 어디로 가? 어디로? 나 저기 건너편 가보고 싶은데!"

이런, 녀석들이 적지 않게 흥분을 했다. 콧바람을 좀 진정시키고, 주황이와 보라를 앉혀 놓고 여행 계획을 설명해 주고 녀석들을 철조망 밖으로 먼저 내보냈다. 나도 마저 빠져나오고 남편 태평이가 나올 차례가 됐다.

 "여보, 빨리 나와!"

 "천하야, 나는 틀렸어…."

 "왜?"

 "못 나갈 것 같아…."

 "그러니까 왜?!"

 "머리가 안 들어가…."

어쩔 수 없이 남편은 두고 떠날 수밖에 없다. 얌전히 있으라는 나의 말에 태평이는 낑낑대며 하울링이라도 할 기세다. 자기도 데려가라고. 간신히 으르렁 어금니 스킬로 협박을 해서 진정시켰다. 하아, 이게 남편인지 원수인지.

일단 행선지는 꼬맹이들이 처음 보는 산길이다. 매일 가는 저수지 옆길은 갈 필요 없지. 산으로 들어선 순간 온갖 향기들이 내 코를 찌른다. 아 너무 좋다. 이쪽도 새로운 냄새, 저쪽도 새로운 냄새. 온통 처음 맡아 보는 향들. 여기가 천국이로구나! 아아, 향긋한 냄새에 휩싸여 자연을 만끽하니 부러울 것이 없다…. 내 새끼들아, 어서 이 자유를 만끽해 보렴…. 응?

순간 정신을 차리고 뒤를 돌아봤다. 주황이와 보라가 보이지 않는다. 여기저기 새로운 냄새를 맡느라 내 새끼들 신경을 쓰지 못했다. 아뿔싸.

 "주황아!!! 보라야!!!"

아무리 불러도 이 녀석들의 대답이 들리지 않는다. 아오, 안 그래도 태평이 자식이라고, 천방지축에 사고 치는 건 꼭 지 아빠를 닮았어요. 어떡하지. 아무리 찾아봐도 주황이와 보라가 보이지 않는다. 빨리 돌아가서 주인님에게 알려야 할 것 같다. 재빨리 다시 뒤를 돌아 집으로 발길을 재촉한다.

아, 집에 도착하니 한숨이 절로 토해져 나왔다. 천만다행이다. 이미 주인님이 주황이와 보라를 찾아서 데려왔다. 두 녀석 모두, 털 상태가 꾀죄죄한 것이 가관이다. 엄청나게 뒹군 것을 보니, 그래도 새로운 것을 체험하게 해 준 것 같아 뿌듯함이 든다. 이제 주인님에게 혼날 일만 남았지만 말이다.

그나저나…. 다음엔 어디로 탈출을 해볼까?

Chapter 19

아~ 거기 화장실 아니었어? 미안^^

우리 양어장이 고양이가 살기에 아주 좋은 장소라는 것은 굳이 설명하지 않아도 모두가 알고 있을 것이다. 물고기들이 그득하고, 먹이가 풍부하며 무엇보다 맛있는 물고기 요리가 상시 제공되는 곳이기 때문이다. 오랫동안 함께해 보니 인간도 나쁘지 않은 것 같고. 멍멍이들이 좀 그렇지만, 어쨌든 여러모로 양어장은 묘생에 있어서 최고의 발견임에 틀림이 없는 것이다.

그런데 사실, 양어장이 고양이들에게 좋은 장소인 이유가 한 가지 더 있다. 그것은 바로 양어장의 흙바닥이 아주 매력적인 배변 장소라는 것이다.

인간이나 개나 고양이나 살아가는 데에 제일 중요한 건 잘 먹고 잘 싸는 것이라 하겠다. 잘 먹는데 잘 싸지 못하면 그것만큼 고역인 일이 없을 것이다. 나? 이 몸이야 물론 매일 아침 쾌변, 쾌변이다. 매일 아침이 순산의 연속이라고나 할까, 후후. 축복받은 나의 십이지장에 영광을.

익히 알다시피 이제 먹는 것에 대한 걱정은 전혀 없다. 인간이 매일 축복받은 위대한 이 몸을 위해 물고기를 조공해 오고 있으니. 하지만 싸는 것은 다르다. 혼자서 잘 해결해야 한다.

처음 이곳을 왔을 때 양어장 구석구석을 살피며 최적의 배변 장소부터 조사했더랬다. 너무 습하지 않으면서 부드러운 흙이 있고 나의 프라이버시를 위해 막혀 있는 장소여야만 했다.

그리고 내가 찾아낸 최적의 배변 장소는 어장과 벽 사이. 그곳은 사방이 벽과 어장으로 둘러싸여 있어서 다른 누군가에게 들키지 않을 수 있었고 너무 습하지 않으면서 파헤치기 좋은 흙이 있었다. 누군가에게 나의 흔적과 냄새를 들킬 수 없다! 반드시 나의 흔적을 흙 속에 감춰야만 했기에, 부드럽고 쫀득하면서 파헤치기 좋은 흙이 필요했던 것이다.

물.론. 이런 나의 배변 활동에 레드카드 급 백 태클을 건 것은 인간이었다.

"여기다가 똥 싸면 어떻게 해…. 냄새가 밖으로 안 빠져나가잖아. 여기 화장실 아니거든!"

아놔, 그럼 화장실을 만들어 놓든가. 치사하게 갑자기 소리를 지르고 난리야…. 흥! 다른 곳으로 이동해서 화장실을 만들어야겠다. 치사한 인간, 다음부터 쥐 안 물어다 줘야지. 흥 칫 핏.

그래도 인간 몰래 가끔 나의 흔적을 좀 남겨 놔야겠다. 어장 옆 부드럽고 쾌적한 흙이 나를 부르는 듯하거든!

Chapter 20

다시 시작된 영역 싸움

이것은 고양이들의 영역 다툼의 치열한 전쟁의 현장. 분노가 교차하는 잔인한 현장! 두둥…. 이것이 바로 리얼이다.

갑자기 무슨 시추에이션이냐고? 나 길막이. 다시는 살생을 하지 않으리라 다짐했건만…. 오늘이야말로 그 봉인했던 살육의 본능이 다시금 눈을 뜨려 한다. 불살을 위해 손톱을 감추며

살아온 지 어언 수개월. 하지만 나의 새끼들과 나의 평안을 위해서 영역 다툼을 피할 수 없었으니….

사건은 바야흐로 수 시간 전. 언젠가부터 내 딸들이 이제는 성묘가 되어 이리저리 양어장을 뛰어다니기 시작했다. 녀석들, 참 건강하게 잘 컸단 말이지. 녀석들이 활기차게 뛰어노는 것을 흐뭇하게 바라보며 식빵을 굽기 위해 자리를 잡는 그 순간!

이 위대한 길막이의 영역에 버릇없이 발길을 내딛는 고양이의 발길을 나의 눈이 캐치하였으니…. 그것은 바로 삼색이의 두 딸, 마를린과 도도가 아닌가. 하, 이것들이 하룻강아지, 아니, 강아지 아니지. 하룻고양이 사자 무서운 줄 모르고 건방지게 나의 영역에 발길을 들여?

공동육아를 하면서 전우애를 다지는 듯했지만, 남아 있는 두 마리의 새끼와 이 몸을 위해 양어장 영역은 절대 내줄 수 없다. 내 오늘이야말로 머리에 피도 안 마른 고양이들의 어미에게 정의의 철퇴를 내리리.

"딸내미들 관리 좀 잘해! 이것들이 자꾸 내 영역까지 오잖아! 시끄러워 죽겠어!"

똬리를 틀고 눈을 감으며 느긋하게 있는 삼색이에게 가서 사자후를 내지른다. 와, 카리스마 대박.

"네 딸내미나 제대로 교육시켜! 먼저 내 영역을 침범한 건 네딸이야! 캬아아옹!"

어라? 내 머릿속에서 '어머나! 길막아, 미안해. 내가 상도덕이 없었지? 내 딸들아, 위대하신 길막 님 영역에 허락 없이 들어가면 안 된단다. 어서 이쪽으로 오렴.'이라며 물러날 것만 같았던 삼색이가 갑자기 벌떡 일어나 맞대응을 하는 것이 아닌가!

그리고 서로에게 하악질을 하며 숨겨진 살생본능을 드러내려던 찰나, 살벌한 기척을 느낀 인간이 다가와 우리는 발길을 돌릴 수밖에 없었다. 내 언젠가 저 건방진 고양이에게 리스펙이 뭔지를 보여 줄 테다. 나의 발톱이여, 잠시 그때까지 기다려라…!

Chapter 21

항상 코가 까져서 다니는 놈

한 가지 의문점. 왜 멍멍이들은 죄다 비슷하게 생긴 걸까? 색이 다르고 덩치가 완전히 다르지 않은 이상, 생긴 게 거기서 거기 같다. 고양이들과는 달리 뭔가 특이점이 없다는 말이다.

당장 양어장 멍멍이들만 해도 그래. 일단 저 천하와 태평이도 구분하기 힘들게 생겼는데, 저놈의 새끼들도 자라면서 천하와 태평이를 복사 붙여넣기 한 것만 같다. 나중에 덩치가 비슷해지면 정말 구분하기 힘들 정도로 너무 똑같이 생길 게 아닌가.

무늬라도 있거나 색이라도 다르면 좀 구분하기 쉬울 것을, 어찌 이렇게 판별하기 힘들 정도로 똑같단 말인가.

응? 갑자기 왜 어울리지 않게 멍멍이들 생김새에 신경을 쓰냐고? 물론 이 몸은 멍멍이 따위엔 관심 없다. 하지만 오랜 시간 동안 양어장 멍멍이들을 지켜보다 보니, 정이 들었는지-아니면 내가 미쳤는지-멍청한 모습이 조금 귀여운 느낌이 들기도 한다. 아, 나도 새끼를 낳고 살다 보니까 이젠 쓸데없는 생각도 다 들고, 늙은 것 같다.

오늘도 평화로운 양어장이다 보니, 조용한 것이 심심하기도 하고. 별안간 멍청한 멍멍이들을 관찰하면서 놀고 싶다는 생각이 들어 천하와 태평이의 우리로 발걸음을 옮긴다. 따, 딱히 그 놈의 새끼들이 보고 싶어서 가는 건 아니라구!

너무 가까이서 보면 눈치가 보이니, 그 집 철조망 건너편에 자리를 깔고 앉아 귀여…아, 아니. 멍청한 멍멍이들의 동태를 살펴본다.

자주 보다 보니 이제 어느 정도 천하태평이 가족의 특징을 관찰할 수 있었다. 천하와 태평이의 새끼들인 남매, 주황이와 보라는 누가 주황이고, 보라인지는 아직 모르겠지만(내 생각에는 엄마 아빠도 모를 것 같다), 그나마 새끼들은 아직 티가 나서 '저 두 마리가 주황이와 보라구나'라는 것 정도는 알 수 있을 것 같다. 그것도 조금 더 자라면 모를 일이 되겠지만.

그리고 한 가지 더 특징이 있다면, 태평이는 대체 무슨 짓을 하고 돌아다니는지 항상 코가 까져 있다는 것이다. 처음에는 저 칠칠치 못한 녀석이 태생적으로 코에 무늬가 있는 줄만 알았는데, 알고 보니 코가 계속해서 까져서 검은색 코에 핑크빛 살갗이 드러나 있는 것이었다.

왜 코가 까져 있냐고? 멍멍이들이 멍청한 건 알았지만 태평이 저놈은 생각보다 더 멍청했다. 코에 있는 타고난 무늬는 흙을 코로 덮느라 생긴 것이었다. 흙을 덮을 때 얼굴을 흙에 들이밀고 코를 이용해 작업하다 보니 계속해서 코가 아물다 말고 까지는 것이었다.

…멍청한 것은 유전이 안 되길 바란다. 그래야 보라나 주황이가 멍청하지 않을 텐데. 으휴, 너희가 무슨 죄가 있겠니.

그러고 보면, 태평이가 흙을 팔 때는 항상 정해져 있다. 바로 인간이 주는 간식을 종종 땅에 파묻을 때, 그때 코를 사용하는 것이다. 다람쥐도 아니고, 왜 간식을 땅에다 파묻고 난리인 것일까.

"야! 그렇게 묻어놓고 나중에 찾아 먹기는 하니? 이 멍청아. 발로 흙을 팠으면 발로 덮으면 되잖아! 왜 코로 덮어? 코가 쓰리지도 않냐!"

보다 못해 태평이에게 답답한 마음에 소리를 질렀다. 뭐, 그러거나 말거나 태평이는 계속해서 코를 사용해 간식을 땅속에 묻고 있다. 정말, 멍멍이들이란 알다가도 모를 생명체들이다.

…그나저나, 저 간식 맛있어 보이던데…. 묻어둔 곳을 잘 기억하고 돌아가야겠네. 태평아, 고맙다. 잘 먹을게, 후후.

Chapter 22

윗집 마당냥이, 나옹이

"오메, 깜짝이야! 야! 너 뭐야?!"

세상에, 자라 보고 놀란 가슴 솥뚜껑 보고 놀란다더니. 내가 딱 그 꼴이 아니겠는가. 늘어지게 낮잠을 자다 일어나 보니, 내 눈앞에 온몸이 하얀 외국묘가 내가 남긴 사료를 우적우적 먹고 있는 것이 아닌가.

난생처음으로 보게 된 외국묘가 신기하면서도, 갑자기 등장한 하얀 실루엣에 깜짝 놀랄 수밖에 없었다.

아, 이 녀석이 외국묘라는 것을 어떻게 아냐고? 훗, 나 정도 되는 스마트한 고양이라면 외국에 살고 있는 고양이와 한국 고양이 정도는 구분할 수 있지. 일단 우리나라 고양이들은 눈동자도 까맣고 얼굴형도 세모난 편이거든. 그런데 외국묘들은 딱 티가 난다. 털의 색도 단색이 많고, 눈 색도 짝짝이가 많다. 무엇보다 외국냥이들은 반려묘들이 많기 때문에 길거리에서 볼 수 있는 생김새가 아닌 것이 사실이다.

아니, 그런데 이 녀석, 왜 남의 밥을 우적우적 뻔뻔하게 먹고 있는 건지 모르겠다. 대체 무슨 생각인 거지? 뻔뻔하게 남의 밥을 먹고 있는 녀석을 향해 나는 짐짓 으르렁거리며 말했다.

"어디서 굴러먹다가 온 놈인지 모르겠지만, 여기는 내 구역이고 지금 네가 잡숫고 계시는 건 내 먹이야. 당장 꺼지지 않으면 뜨거운 맛을 보게 될 것이야!"

"내 이름은 나옹이야."

…뭐? 갑자기 이 녀석이 자기소개를 하기 시작했다. 누가 네 호구조사하고 싶댔냐!

"조용히 해! 이 몸은 이 영역의 주인이신 위대한 길막이라고 한다. 내 눈을 똑바로 봐. 그리고 내 발톱까지. 무섭지? 그러니까 내 밥 그만 처먹어! 그거 내가 점심 먹고 소화시키고 낮잠 자고 일어나서 먹으려고 남겨 놓은 거란 말이다!"

 “만나서 반갑다옹.”

이 녀석, 일단 넉살이 장난 아니다. 나는 새도 오줌을 지린다는 위대한 고양이, 길막 님의 으르렁을 듣고도 인사를 하다니…. 하긴, 그런 낯짝을 가지고 있지 않고서는 버젓이 남의 집에 와서 남의 먹이를 우적대고 먹을 리는 없겠지.

내 예상대로 나옹이는 아주 넉살이 좋은 고양이였다. 내가 만난 고양이들은 대부분 도도하고 예민하며 눈만 마주쳐도 경계심을 한 보따리 풀어놓는 녀석들뿐이었는데, 뻔뻔하다는 말이 딱 어울릴 정도의 고양이를 보니, 뭔가 호기심이 동한다. 외국 냥이들은 다 저런가?

나옹이 녀석의 말에 따르면, 자기는 양어장 바로 위쪽에 있는 집고양이라고 했다. 주로 그 집 안에서 의식주를 해결하지만, 도심의 집냥이들과 다르게 자유롭게 산책을 다니는 산책냥이어서 오늘 양어장까지 나와서 자유를 즐기고 있다는 것이다.

그러고 보면, 나옹이는 걸음도 느리고 말도 느리고 모든 게 느려 터진 모습이었다. 오히려 멍멍이들이 더 날래다고 할 정도였는데, 길냥이들에게 쉽게 보이는 긴장감은 없는 것이 사실이었다.

하지만 한 가지 대단한 것은 바로 밥을 흡입하는 속도! 누가 보면 저 윗집 인간이 밥 안 주고 굶기는 줄 알겠다.

"야, 나옹아. 다 알겠는데 너 집에서 굶기냐? 왜 우리 집 와서 내 밥을 뺏어 먹는 거야?"

"너…네 집… 사료가… 맛…있어서."

참 간단명료한 대답이네. 더 이상 이 녀석이랑 말을 섞다간 내 복장이 터져서 안 되겠다. 그래, 다시는 보지 말자. 저놈한테 양어장 인간이 사료 말고 생선도 구워 준다는 말은 절대 하지 말아야겠다. 내가 먹을 물고기마저 모조리 순삭할 테니!

Chapter 23

고양이 맛집: 하하하 식당

"길막아!!!!!!!!!!!!! 오늘 메뉴 대박이야!!! 무려 코스 요리였어!!!!!!!!!!!!!!!!!!!"

응? 이 위대한 고양이의 낮잠을 방해하는 이는 그 누구인가. 바로 삼색이. 원래 갖은 애교를 부리며 양어장을 누비는 저 눈꼴신 녀석이 갑자기 내 앞에서 냐옹대며 평소보다 더 들뜬 모습으로 단잠을 방해하는 것이 아닌가. 그리고, 뭐? 코스 요리? 아, 일단 머리 울리니까 조용히 해.

삼색이의 말에 따르면, 내가 낮잠을 자는 사이에 인간이 요리를 해서 가져다줬는데—이 건방진 인간, 내가 자는 사이에 요리를 하다니 가만두지 않겠다—바로 코스 요리가 나왔다는 것.

무려 에피타이저로 참치캔이 나오고 메인으로 붕어구이가 나왔다는 말이다. 어쩐지, 오늘 양어장에 이전에는 느껴보지 못한 향긋한 비린내가 진동했더랬다.

그런데 나는 왜 낮잠을 잤는가…. 그렇다. 이제 양어장에서 오랜 기간 생활을 하다 보니, 먹이에 대한 소중함을 잃어버린 듯하다. 양어장에 자리 잡기 전엔 아무리 배가 불러도 먹이가 있다면 마다하지 않았다. 언제 생길지 알 수 없으니까. 이젠 때가 되면 인간이 알아서 먹이를 가져다주기 때문에 먹이를 마다하기도 한다. 거친 스트릿 라이프에서는 절대 상상도 할 수 없는 일이었다.

그 전에 사료를 배불리 먹어서 맛있는 비린내가 진동하는데도 움직이지 않고 낮잠을 선택했었다. 그런데 하필이면 이럴 때 코스 요리를 내오다니…. 이제 쥐는 안 물어다 줘야겠다. 하아악!

"삼색아, 흥분하는 건 알겠는데, 일단 조용히 해 봐."

"왜? 코스 요리라고! 정말 이런 요리 궁합은 본 적이 없어! 자랑하고 싶은데!"

하…. 이런 하나는 알고 둘은 모르는 흥분한 단세포 고양이 같으니라고. 나는 차분히 설명하기 시작했다. 자랑하는 것까지는 좋지만, 그런 걸 이 동네 저 동네 다 떠벌리고 다니면 온갖 동네의 길냥이들이 이곳에 마구 몰릴 텐데, 그러면 우리도 쫓겨날 수도 있노라고 말이다. 특히 조심해야 할 것은 떠버리 검은 고양이 네로 녀석이라고 단단히 주의를 시켰다. 아무리 단세포라고 해도 자신의 영역에 대한 욕심은 있을 테니 이 정도면 알아듣겠지. 아오, 갑자기 피곤함이 몰려온다.

그리고 무엇보다, 이 녀석의 입을 단속시키지 않으면 당장 윗집냥이 나옹이 귀에 소문이 흘러 들어가 코스 요리고 뭐고 닥치는 대로 먹으려고 할 게 뻔하다! 내 속을 뒤집는 건, 삼색이 네 녀석이면 충분하다고!

Chapter 24

내가 제일 좋아하는 인간의 언어, "밥 먹자."

"밥 먹자!"

잠자는 사자의 코털을 건드리듯, 이 세 음절이 나의 고막을 지나치면 좌심방 우심실이…. 잠깐, 고양이도 좌심방 우심실이 있나? 뭐, 아무튼. 나의 심장이 미친 듯이 박동하기 시작한다. 밥이라니! 이 얼마나 아름다운 말인가!

오늘의 요리는 과연 무엇일까 하는 생각에 인간의 목소리와 향긋한 비린내가 풍기는 곳으로 몸을 날렸다. 뛰어가면서 콧수염 몇 개는 빠진 것 같다. 아이씨, 내 매력의 원천인데.

저 멀리서 인간이 특유의 입소리를 내며 나를 부르고 있다고 생각했지만, 이곳에 서식하고 있는 삼색이 포함 모든 고양이들이 모여들었다.

인간이 오늘은 무엇을 만들어 왔을까? 저번에 준 과메기는 살짝 질겨서 먹기 좀 불편했던 기억이 난다. 나는 과메기만 아니면 다 좋은데. 문이 열리고 인간이 들어온다. 첫눈에 난 내 먹이인 걸 알았다. 내 앞에 다가와 고갤 숙이며 비친 인간의 얼굴, 눈이 부시게 아름답다. 웬일인지 낯설지가 않은 냄새가 났다. 설렌다. 내 마음 모두 가져간 잉어!

엉엉, 오늘도 날 가져요!

Chapter 25

뉴페이스 등장?!

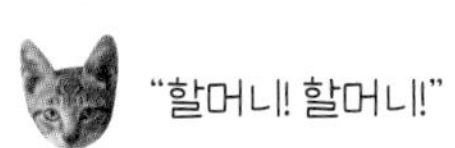
"할머니! 할머니!"

설마 이 불쾌한 '할머니'라는 소리가 나를 부르는 것은 아니겠지? 이 위대한 고양이 길막 님이 할머니라니, 내가 할머니라니! 아니 이게 무슨 소리요, 의사양반!

사정은 이러하다. 둘째 딸이 얼마 전부터 한껏 예민하게 굴어서 냥춘기가 온 것은 아닌가 했는데, 점점 살이 찌는 듯하더니 배가 부르는 것이 아닌가. 요즘 것들은 뭐든 다 빠르다고, 어디서 수컷 고양이와 결국 눈이 맞은 것이다. 그렇게 뻰질나게 밖에 나가 놀더니만!

결국 얼마 지나지 않은 아침, 오랜만에 듣는 새끼 울음소리와 함께 나는 할머니가 되었다. 눈치 없는 삼색이가 이제 이곳은 양어장이 아니라, 냥어장 아니냐며 낄낄댔다.

…요것아, 너도 곧 이렇게 될 것이야! 못된 가식묘 같으니라고.

손주들의 모습을 물끄러미 바라보니 앞으로 또 어떻게 해야 할지 막막하다. 저 철딱서니들을 또 언제 육아하고 언제 독립시키누? 물론 내가 할 일은 아니긴 하지만 말이다.

그래도 녀석들, 이 길막 님의 피를 물려받은 내 딸을 닮아서 아주 예쁘고 사랑스럽다. 훗, 이 몸의 손자들까지도 이렇게 훌륭하게 태어나다니. 역시 나는 선택받은 고양이임에 틀림이 없으시다.

그렇게 손주들은 천방지축으로 날뛰며 무럭무럭 크고 있다. 아니 어떻게 크는 게 내가 새끼들을 낳을 때보다 더 빨리 크는 것만 같다. 눈을 뜨지도 못하고 앙앙거리며 젖을 찾았던 것이 엊그제 같은데, 벌써 어디서 고양이 말을 배워서 할머니, 할머니 하고 엉겨 붙는 것이 아닌가. 하여튼, 요즘 것들은 뭐든 다 빠르다니까. 세상이 어찌 되려는지!

 "할머니! 할머니! 같이 놀아요!"

아우 귀찮아. 몇 번 하악질을 하니 이 녀석들도 내 근처에는 오지 않는다. 물론 내 손주들인 만큼 예쁘고 사랑스럽다. 하지만 정을 주지 않아야 저것들이 얼른 자신들의 영역과 짝을 찾아 떠날 수 있다. 세 마리 모두 수컷이므로 자라는 대로 빨리 떠날 것이다. 이 양어장을 고양이 판으로 만들 수는 없는 노릇이 아닌가.

"삼색아, 저것들 다 크거든 독립 잘 할 수 있겠지?"

"왜 손주들 걱정되니?"

"아니, 저것들이 독립을 못 하면 내 딸이 힘들잖아. 나 죽기 전에 내가 해 줄 수 있는 것들은 해 주고 가면 좋지 않겠어?"

삼색이는 내가 손주들을 걱정하는 줄 알고 네가 웬일이냐며 고양이 눈을 동그랗게 뜨고 나를 쳐다본다. 자식, 내가 이래 봬도 츤데레 시골 고양이란다.

단지, 나는 내 딸이 나만큼 힘들지 않기를 바랄 뿐이다. 정을 주고 키웠던 수컷 새끼들이 아무 말 없이 영원히 내 곁을 떠났던 그 순간을, 나보다는 더 잘 견뎌내길 바랄 뿐이다.

Chapter 26

영역을 물려주고 숨어 버린 길막이

아아, 내 위대하고 아름다웠던, 깨끗했던 양어장이라는 영역이 새끼들 북새통으로 너저분해졌다. 새끼들도 모두 키우고 평화로운 노후를 기대했건만, 이제 다시 손주들을 키우는 육묘의 신세로 돌아가야 한다니. 혈압이 오른다!

한숨을 쉬며 하늘을 바라보다, 도저히 이건 아니라는 생각이 들었다. 차라리 내 영역을 내주고 말지, 나는 못 해! 아니 안 해!

그 이후, 새끼들이 닿지 않는 높은 곳에서 내 딸이 육묘하는 모습을 바라보며 하루를 보냈다. 인간이 먹이를 주러 올 때만 슬쩍 내려가 먹이를 먹고 오곤 했다.

내 딸이 육묘를 하느라 얼굴이 핼쑥했다. 그 순간 인간의 얼굴이 떠올랐다. 양어장에서 살아가면서 어려움이 있을 때마다 해결을 도와줬던 건 인간이었기 때문이다. 나도 새끼들을 키울 때 힘들었던 순간에 저 양어장 인간의 존재로 인해 버틸 수 있었다.

쩝, 이거 또 로비를 해야 되겠구만. 나는 무거운 몸을 일으켜 먹이를 주러 온 인간에게 다가갔다. 고로롱, 인간의 앞에서 애교를 내뿜자, 이내 인간이 나를 쓰다듬기 시작한다. 나는 평소보다 더 최선을 다해 슥슥 비벼대며 부탁했다.

"인간, 내 딸이 새끼 낳은 거 봤지? 내 손주들 클 때까지만 잘 부탁해. 내가 강제로 내쫓는 한이 있어도 어느 정도 크면 착실하게 독립시킬게. 그렇다고 괜히 츄르 같은 건 주지 말고 말이야. 저 철딱서니들 츄르 맛 한 번 들이면 독립 안 하고 여기 들러붙을 수 있단 말이야. 걔네 주지 말고 나나 줘…. 근데 언제 줄 건데?"

Chapter 27

고양이 농장이 되는 건 나도 반대야!

아, 그렇다. 지금 이 위대한 고양이 길막이는 위기감에 휩싸여 있었다. 바로 나의 영역이 위협받는 처지에 놓였기 때문이다.

위기의 시작은, 고양이에게 천국이라고 할 수 있는 이 양어장이 지금은 물 반, 고기 반이 아니라 물고기 반, 고양이 반이 되어가고 있다는 것이다. 암컷인 삼색이를 들여온 것도 나고, 출산을 두 번이나 한 것도 나다. 게다가 내 암컷 새끼가 손자들을 봤으니, 그야말로 고양이들의 숫자가 기하급수적으로 불어나고 있었다.

예전 삼색이와 나, 둘만 있었던 그 쾌적함은 온데간데없이 사라졌다. 그리고 미증유의 위기감이 느껴진다. 만약 이 상황에서 눈치 없는 삼색이마저 또 새끼를 배는 날에는, 아마 인간이 고양이들을 모조리 쫓아낼지 모르는 일이다.

그러고 보면, 최근 인간의 몰골은 그다지 좋다고 할 수가 없다. 늘어난 고양이들의 숫자에 발맞춰 물고기를 잡느라 이제는 양어장을 하는지 물고기를 잡아 오는 건지 알 수 없을 정도가 되고 있다.

하지만 뾰족한 수가 없었다. 그렇다고 여기서 '나만 빼고 니들 다 나가!'라고 할 수는 없지 않은가. 그런 말을 들을 리도 만무하고. 아아, 머리야. 이 위대한 고양이 님께서 해결하지 못하는 문제가 있으리라고는 생각하지 못했다.

그러던 어느 날, 깊은 고민을 하던 인간은, 우리를 하나둘 어딘가로 데려가기 시작했다. 그리고 오늘은 바로 내 차례였다. 알 수 없는 통에 담겨 어딘가로 실려 가던 나는, 이내 난생처음 보는 곳으로 가게 되었다. 킁킁, 나의 본능이 알 수 없는 불쾌하고 복합적인 냄새에 사이렌을 울리고 있지만, 이제 빠져나가기에는 늦어버린 것 같다.

잠시 후, 하얀색 옷을 입은 인간이 자리를 잡고 무슨 짓을 한다. 그리고 정신을 잃었다. 한참 뒤 비몽사몽 눈을 떴을 땐, 모든 것이 끝나 있었다.

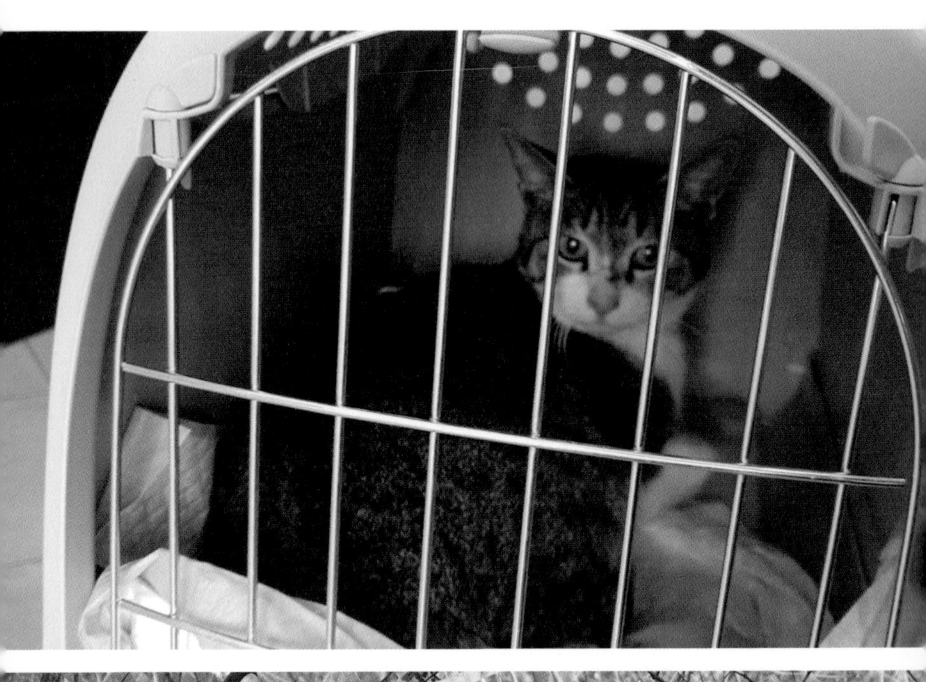

"으…. 온몸이 쑤셔…. 나한테 뭔 짓을 한 거야, 하얀색 인간."

정신을 차리자 인간은 나를 양어장으로 데리고 돌아왔다. 인간은 그런 나에게 북어가 들어간 국물을 대접했다. 음? 이건 출산할 때나 주는 특식 아닌가? 이걸 왜 주는 거야? 맛있으니 먹기는 하겠다만.

"미안해, 길막아. 중성화 수술은 우리 모두를 위한 선택이었어."

눈치 없는 삼색이는 모르겠지만 나는 바로 인간의 마음을 헤아릴 수 있었다. 그리고 다음 날 인간은 삼색이를 데리고 나갔다. 안녕, 삼색아. 너의 본능적인 애교도 이제는 마지막이구나.

Special Page

대추나무 고양이 열렸네.

나 삼색이, 웬만하면 이리저리 뛰어다니며 부산을 떨지 않는 편이다. 왜냐고? 부산을 떨면 털의 색도 바래고, 땀도 나고, 흙이 묻어서 나의 아름다운 이 미모가 빛을 잃어버리기 때문이거든.

그런데, 오늘은 어쩔 수 없이 부산을 좀 떨어야 할 일이 생겼다. 갑자기 이상한 놈들이 양어장 주위에 나타난 것이다! 이 냄새, 이 흔적, 그리고 목소리에서 느껴지는 이 멍청함! 정체불명의 멍멍이 무리가 나타났다. 오 마이 갓. 가뜩이나 천하태평이도 골치 아픈데….

그나마 천하와 태평이는 순하기라도 하지-물론 천하 태평이도 지랄 맞긴 마찬가지였지만-이놈들은 사납기 그지없는 모양새로 으르렁대며 위협을 하는 것이 아닌가. 그야말로 일촉즉발, 위기일발의 상황! 아마 산 이곳저곳 떼를 지어 돌아다니는 들개들로 추정된다.

이 멍청한 멍멍이들은 고양이와 다르게 혼자서 살아가기 힘들기 때문에 대부분이 인간의 보살핌을 받으며 살아간다. 저들도 처음부터 들개는 아니었을 것이다. 버림을 받았거나, 주인을 놓쳐서 여기저기 떠돌아다니다 비슷한 처지의 멍멍이들끼리 야생에서 살아가는 그런 부류들이 아닐까 싶다. 멍멍이들은 고양이들과 달리 무리 지어 다니는 습성이 있기 때문이다.

하지만 문제는 온갖 거친 상황을 헤쳐나가다 보니 공격성이 엄청나게 강하다는 것. 그래서 덩치가 큰 들개들은 고양이들을 아무런 이유 없이 공격하고 심지어는 물어 죽이기까지 한다는 이야기를 들은 적이 있었다. 아놔, 저것들을 정말 한번 날을 잡고 혼내줘야 정신을 차리지.

참고로 나는 지금 나무 위로 올라와 있다. …응? 왜 나무 위에서 이런 푸념을 하고 있냐고? 아, 혹시나 걱정돼서 하는 말인데 절대 무서워서 올라 온 건 아니다. 내 솜방망이 펀치 한 방이면 오줌을 지리며 깨갱댈 것들이지만, 컹컹 짖어 대는 꼴 보기 싫어서 상대해 주지 않는 것뿐이다. 게다가 저것들이랑 한바탕하게 되면 내 아름다운 미모가 훼손될 거란 말이지, 어휴, 구질구질해.

 "멍멍멍! 컹컹컹!"

아이 깜짝이야. 갑자기 소리를 지르고 난리야. 심장 내려앉는 줄 알았네. 그나저나 왜 저것들은 나무 밑에서 내가 내려오기만을 기다리고 있는 거야? 따, 딱히 너네 무서워서 올라온 거 아, 아니거든?!

그나저나 내 딸들은 잘 있는지 모르겠… 아, 저쪽 나무 꼭대기까지 올라가 있네. 어휴, 누굴 닮아서 저렇게 겁이 많은 건지.

이윽고 시간이 지나 저녁이 되어 밥시간이 되자, 맛있는 냄새가 양어장 전체를 휘감기 시작했다. 아, 배고픈데. 오늘 내가 좋아하는 잉어구이인 것 같은데. 저것들 때문에 내려갈 수가 있어야지.

"삼색아, 너 왜 거기 위에 있어? 이 개들은 또 뭐야? 너희 저리 안 가!"

"월월! 너 다음에 두고 보자!"

드디어 나의 구세주가 나타났다. 양어장 인간, 왜 이렇게 늦게 왔냐. 배고파 죽는 줄 알았잖아. 이제 겨우 밑으로 내려갈 수 있겠네, 어휴. 나는 배고픈 마음에 부리나케 인간의 품속으로 들어가 양어장으로 이동하기 시작했다.

"으휴, 이 겁쟁이. 저 들개들에 쫓겨서 저 나무 위로 올라간거야? 네 딸들은 꼭대기까지 올라갔더만. 엄마고 애들이고 다 겁쟁이구만?"

…무서워서 간 거 아니라니깐!

Special Page

카사노바 수컷냥 등장

나 삼색이. 미묘(美猫)가 갖추고 있어야 할 것들을 모두 다 가지고 있다고 자부하고 있다. 어찌나 매력적이신지, 애교 한 번 발사해 주시면 인간들이 저렇게 껌뻑 죽으니.

그런데 최근 정말 이 죽일 놈의 미모 때문에 골치 아픈 일이 발생하고 있다. 지난번에 얼굴은 둥글둥글 한 것이 이상하게 생긴 수컷 고양이 한 마리가 그렇게 끈덕지게 들러붙더니, 이제는 이상한 놈 한 마리가 또 끈덕지게 달라붙고 있다.

소문에 의하면 저 녀석은 이 동네의 수컷 대장이라고 한다. 흰색과 회색이 같이 들어가 있는 녀석인데, 눈도 게슴츠레하게 뜨는 것이 행동도 별로 마음에 들지 않는 녀석이다. 게다가 자기가 동네 대장 고양이라는 것을 알고 있는지, 주변에 수컷 고양이들이 가까이 오면 하악거리면서 온갖 패악을 다 부린다.

…왜 나의 미모에 끌리는 녀석들은 다 저 모양들인지. 옆 동네 암컷 길냥이들은 멋진 턱시도 입은 잘 빠진 수컷 고양이들 잘만 만나더만. 게다가 이 녀석은 대가리(?)가 너무 크다고! 가까이 있으면 뒤에 아무것도 안 보일 정도로 대가리가 너무 크단 말이다! 나는 저런 녀석과 엮이기 싫다고!

그런데 내가 너무 싫다는 티를 노골적으로 냈나? 이 녀석이 이번에는 추파를 던지는 눈길을 짐짓 거두더니, 이제는 길막이 쪽으로 슬쩍 가서 또 은근슬쩍 추파를 던지는 것이 아닌가. 어라? 그러더니 이 녀석, 주위에 온갖 암컷 길냥이들에게 또 추파를 던지고 다니네? 이 녀석, 완전 카사노바잖아!?

대장이라더니 보는 눈은 영 아니구만!

Special Page

삼색이의 육아일기

아, 큰일이다. 어느 날인가부터 입맛도 없고 몸이 무거워서 이상하다고 생각했더니 배가 서서히 불러오는 것이 아닌가. 그렇다, 나 삼색이, 미묘계의 대표주자로서 화려한 삶을 살던 내가 이제 엄마가 된다. 아빠는 얼마 전 치근덕대던 치즈냥이겠지. 얼굴이 동글동글해서 이상하게 생겼지만 그래도 같이 놀기에는 나쁘지 않아 재미있게 풀밭에서 뛰어놀았더니, 일이 이렇게 되어 버렸다.

이렇게 빨리 유부녀가 되리라 생각하지 못했다. 뭇 고양이들을 놀라게 하곤 했던 내 사냥 실력을 뽐내며 나의 가치를 사방에 자랑하고 싶었건만 역시 묘생은 마음대로 흘러가지 않는구나.

다행스럽게도 양어장에서 나보다 미리 길막이가 출산을 했기 때문에, 출산 준비는 그렇게까지 어렵지는 않았다. 새끼들이 안전하게 지낼 수 있는 공간이나 추위를 막을 수 있는 바람막이, 그리고 천적의 위협을 피할 수 있는 곳을 찾았다. 물론, 그동안 영양이 풍부한 물고기들을 양껏 섭취했고 꾸준히 식사를 거르지 않고 생활했기 때문에 새끼들은 건강하리라 믿는다.

그리고 얼마 뒤, 건강한 새끼 두 마리를 낳았다. 길막이 녀석은 고작 두 마리 가지고 뭘 그렇게 힘들어하냐고 핀잔을 주던데, 두 마리도 나는 죽는 줄 알았다. 어찌나 아프고 힘들던지. 그 좋던 잉어구이의 맛깔스럽게 고소한 냄새도 역겹게만 느껴지는 것이, 아. 죽을 맛이었다.

하지만 내 배로 낳은 새끼들의 모습을 보니 매우 뿌듯했다. 몸에 여러 빛깔이 곱게 어우러진 모습이나 코에 매력적인 점이 있는 것까지. 나를 똑 닮은 새끼들이라는 것에 자부심이 넘쳐흐르는 순간이었다.

아, 그래도 새끼를 두 마리나 낳았더니 온몸에 힘이 하나도 없다. 게다가 이 녀석들은 태어나자마자 어찌나 젖을 빨아대는지. 기력을 빨리 회복해야 한다. 그래야 건강하게 새끼들에게 젖도 물리고 하지, 지금 이대로라면 내가 피골이 상접해서 좀비냥이가 되어버릴 거다.

이런 생각에 일단 먹이부터 먹자는 생각을 하고 몸을 일으켜 양어장으로 발걸음을 옮겼다. 다행히도 인간이 꾸준히 물고기 먹이를 주었고, 나는 허겁지겁 물고기 먹이를 먹고 다시 돌아와 새끼들에게 젖을 물렸다.

그리고 한쪽에서 갑자기 들려오는 목소리.

"뭐야! 네가 낳은 새끼였어?!"

그 사이 인간이 쫓아와서 깜짝 놀란 얼굴로 어안이 벙벙하다는 듯이 나를 쳐다보고 있다.

그럼 제가 낳았지요. 거참, 코에 점 있는 거 보면 모.르.시.겠.어.요?

Special Page

길막이 첫째 딸과의 신경전

다시 등장한 나는야 애교신 애교왕 삼색이. 내가 지금 이렇게 숨어서 보고 있는 건 요즘 내 신경을 건드는 길막이의 첫째 딸이다. 저것이 요즘 이 구역 애교왕의 자리를 넘보고 있어 예의 주시하고 있다. 인간은 저놈의 애교에 빠져 일하다 말고 저놈과 놀고 있다. 하, 저 헤벌쭉한 표정 보소.

인간은 길막이의 첫째 딸에게 야통이라는 이름까지 지어줬다. 그동안 인간은 나와 길막이 말고는 모두 야옹이라 불렀더랬다. 저것도 이름이 생겼다는 건 야통이가 인간의 마음을 훔쳤다는 증거이다. 아, 갑자기 위기감이 쓰나미처럼 몰려온다.

"앍옹- 액 우으릉 으르액?! 앩옹 으르엙? 옹 앩옹 앩 얛 얙 액 앿 얡오옹 악옹 앝오옹 액옥 우웨옹~!"

또 시작이다. 야통이의 필살 애교 울음소리가 들려오자 온몸에 소름이 돋는다. 누가 오그라든 내 팔 다리 좀 펴줬으면 좋겠다. 가장 열 받는 것은 저 애교에 인간이 넘어가 츄르는 야통이의 차지가 되어 가고 있다는 사실이다!

애교왕 이 삼색이를 잊어버린 듯한 인간에게도 화가 나기 시작했다.

"사이가 아주 좋아 보이십니다? 저는 잊으셨나 봐요?"

나와 눈이 마주친 인간은 움찔하더니 내 눈치를 보며 슬금슬금 야통이를 쓰다듬던 손길을 거두었다. 인간의 손길을 느끼고 있던 야통이가 인간이 손을 거두자 왜 그러냐며 주위를 둘러보다가 나와 눈이 마주쳤다. 그리고 이내, 야통이는 승자의 눈길을 하고 가소롭다는 듯 나를 '내려다보기' 시작했다.

"…요것이?!"

아니 길막이는 대체 평소에 어떻게 가정교육을 했길래 자식이 이 모양인 거야? 아우, 열 받아! 나는 본능적인 짜증을 숨기지 못하고 굉음을 내기 시작했다.

그러자 인간이 쭈뼛대며 괜히 내 근처로 다가왔다. 평소 같으면 진작에 인간의 무릎에 올라가고도 남았을 내가 인간을 쳐다보지도 않고 뒤돌아 앉자, 인간은 내가 삐졌다는 것을 눈치챈 것 같았다. 이봐, 인간. 내가 애교만큼이나 뒤끝도 장난 아닌 고양이야, 앙?!

나는 인간을 쳐다보지도 않았다.

그러자 인간은 주머니에서 츄르를 꺼내 내게 내밀었다. 야통이가 태어나기 전만 해도 인간의 바지 주머니엔 오직 츄르 하나만이 들어있었다. 바로 이 삼색이만의 츄르였다. 이제 인간의 주머니에 츄르가 여러 개 담겨 있다는 사실만으로 속이 상했다. 흥! 츄르 하나로 퉁치려고? 내가 츄르에 넘어갈 것 같아? 내가 얼마나 지조가 넘치는 고양이인데!

…근데, 인간. 이 츄르는 좀 특별한 향이 나는 것 같다. 아, 뭐해?! 츄르 좀 쭉쭉 짜지 않고!

Special Page

낚시 방해하기

사실, 길막이 저 녀석은 혼자 잘난 척을 엄청나게 많이 하는 독한 녀석이고 주위의 모든 것을 자신보다 아래라고 생각하고 사는 녀석이기 때문에 나와는 정말 합이 맞지 않는다. 하지만 우리 둘이 공통적으로 양어장에 가지고 있는 궁금증이 한 가지 있었으니…. 그것은 바로, '저 굼뜬 인간은 어떻게 물고기를 계속해서 잡아 오는가'라는 것이었다.

인간이 가져오는 물고기 요리는 꿈속에서도 먹다가 옆에 고양이가 무지개다리를 건너도 모를 정도로 그 맛과 영양이 훌륭했다. 게다가 죽은 물고기를 가져오는 것이 아니라, 갓 잡은 싱싱한 활어를 요리해서 가져오는 것이니, 당연히 그 맛과 풍미가 일품일 수밖에 없었다!

그런데, 아무리 풍족해도 그렇게 물고기를 계속해서 우리에게 줄 수 있는 것일까? 하는 의문도 들었다. 더욱이 우리가 먹는 물고기는 양어장의 수조에 있는 녀석들과는 종이 다른 것 같았단 말이지.

그렇게 궁금증을 계속해서 가지고 있다가, 어느 날 우연히 사냥을 가는 것을 뒤따를 기회가 있었다. 오호라, 인간이 어떻게 사냥을 하는지를 잘 보고 배울 수만 있다면, 더 이상 인간에게 피곤하게 애교를 부리지 않아도 되겠지. 이 애교라는 것도 에너지가 상당히 필요한 거라고….

우선 인간의 물고기 사냥은 기다림의 연속인 것 같다. 꽁꽁 언 연못에 자리를 잡고 몇 시간째, 인간은 같은 자리에서 기다리고 있다. 인간이나 고양이나 사냥을 위해 많은 시간을 투자해야 하는 건 똑같은가 보다. 그 비법을 파헤치기 위해 인간의 주변을 맴돌았다.

하지만 이내 나는 아쉬움에 입맛을 다실 수밖에 없었다. 바로 이상한 막대기로 물고기를 잡고 있었으니까. 내가 아무리 세상에서 제일 잘나가는 미묘라고 해도, 저 막대기를 쓸 수는 없는 일이다. 그리고, 얼음 위라서 발이 너무 시리다. 아웅, 동상 걸리면 안 되는데!

그래, 인간. 방금 먹었던 나쁜 마음은 이제 취소. 차가운 얼음 위에서 추위에 발을 동동 구르면서 물고기를 잡아다 주는 거였다니. 짜식, 인정해 주겠어. 다음 애교는 특급으로 무릎 위에서 부려 주겠어용, 냐홍홍홍.

우리의 묘생은 때로 불행했고, 때로 행복했다.

- 우리의 행복한 순간들